REALISTIČKE PRIPOVETKE

REALISTIČKE PRIPOVETKE

Radoje Domanović

Globland Books

SADRŽAJ

Snovi i java

„Čemu služimo mi ljudi, mi gorda i zlobna stvorenja što uobražavamo kako je sve što postoji u svetu stvoreno samo nas radi?... Jeste, mi smo zemlju izdelili i obeležili međama kao našu svojinu; mi ne vodimo računa o tolikim milionima stvorova, koji su isto tako deca prirode, kao i mi, te imaju sva prava na život. Sve mi ništimo i žrtvovaćemo hiljadama životinja da samo sebi ugodimo. Koljemo žive stvorove, te se njima hranimo i uzimamo im kožu da od nje pravimo obuću ili ogrtače. Imamo li mi prava na sve ono što činimo? Što mi zamišljamo da je sve naše i da je sve za nas stvoreno?... Daje li nam sama priroda prava na to, ili ga mi sami prisvojismo, misleći da smo najdostojniji od sviju drugih stvorenja?... Pa, dobro, čime smo se mi baš udostojili?... Obrazovani smo i razumni! Pišemo filozofske studije, istorije, naučne rasprave, pesme; napravili smo železnicu, gromobran, pronašli barut, puške; izumeli fonograf i sto kojekakvih čuda; kuvamo jela, oblačimo haljine, skidamo kapu pri javljanju jedno drugome, pušimo, čitamo novine, učimo školu! Imamo kafane, gde se skupljamo, te pijemo, slušamo pevačice, pljeskamo im kad dobro otpevaju!... Nosimo časovnike te gledamo vreme; imamo barometre i termometre, lađe, kompase!... Da li nam sve ovo daje prvenstvo i preča prava na život no što ga imaju druge životinje, koje mi ubijamo, koljemo, lovimo, jašimo, prežemo; ili smo mi nasilnici?... Šta smo mi zadužili prirodu svojom kulturom, obrazovanošću i civilizacijom?... Šta će toj prirodi železnica i električni tramvaji, šta njoj trebaju Šekspirove drame i sve moguće svetske biblioteke?... Ništa!...”

Mladi sanjalica i nehotice prekide misli i pogleda u plavo zvezdano nebo.

Još ga čudnije osećanje obuze.

— Beskonačnost! — izgovori poluglasno, ne skidajući očiju sa zvezda...

„Putevi, veličina... prostor... cilj!... Kažu da se negde u toj užasnoj beskonačnosti sprema nova vaseljena!", mišljaše on dalje. Neka ledena jeza kao da mu obuze dušu, te pomisli: „Da, ova će sigurno ostariti, izumreti!... Vreme ah, Bože, za koliko se tu miliona vekova daleku neku budućnost sprema?!... Da li će i onda biti ljudi?... Šta li će oni misliti i osećati?"

Vetrić tiho šuškara lišćem, a njemu se to učini kao tužni razgovor zemlje sa večnošću.

— Večnost, večnost! — prošaputa sam za se i uzdahnu zanet u duboke misli, pa produži:

„Životinje nisu tako smešne kao ljudi, jer bar one ne kroje tako besmislene, krupne i lude planove kao mi... Kakve krupne?... Ne, to mi samo uobražavamo; sve same sitnice, gluposti i dosade... Vaseljena, vaseljena umire i na njeno će mesto doći druga!... Beskonačnost, večnost svega i ništavilo svačeg napose!... Ljudi... ha, ha, ha!... Bar da hoćemo da gledamo na sebe kako treba! O, koliko je samo sitnog i žalosnog tavorenja zemaljskog... Ha, ha, ha!... Kupio Simin momak gazdarici papuče pa joj velike!... Događaj! O tome se govorilo u kućama sviju suseda. Majstor nije hteo da vrati! Sima se zavadio s njim, i čak hteli da se potuku. Simina žena izišla na ulicu, pa grdila ženu toga papudžije, a i njega samog. Vratila se kući, i tu tek nastala strahovita vika, psovka; odjurila momka! Momak otišao i ogovarao i Simu i njegovu ženu kako rđavo žive!... Bruka — čitav zaplet! U taj se događaj umešalo nekoliko kuća. Simina žena nije mogla sutradan od jeda ni ručati ni večerati. To joj je škodilo. Sima sreo na ulici momka, pa ga izbio. Momak je pretio osvetom, a neki Simini neprijatelji ga nagovoriše da podnese tužbu!... O, žalosni i bedni ljudski stvorovi!..."

— Strašno!... — izgovori mladi sanjalo gotovo glasno, i produži svoje misli:

„Živote, živote, dosado!... Ništavila, žalosna ništavila... Sve će to zemlja pokriti, pa se ljudi ipak tako ponašaju kao da ne vide pred sobom svakog dana hladan leš čovečji — čoveka koji je do juče s njima govorio, osećao, ljutio se, družio se, svađao, mirio, veselio... Vidi li svet to, oseća li, i što ne oseća?...

Ne, jer toliki svet ide za kakvim mrtvačkim kolima na kojima je mrtvac, i vode obične, sitne razgovore, i kroje hiljadama planova za budućnost; a ko zna hoće li sutra biti živi?...” Opet pogleda na zvezdano nebo. „Eto, i ove zvezde što ih gledam, ti užasni svetovi, stvorili su sliku u mojim očima preko neizmerne daljine... Moje oči će postati blato, koje ne oseća, a gde će se denuti i osećanje i slika tih nebesnih svetova, stvorena u njima?... Koliko li će drugih očiju kroz tolike duge vekove posmatrati ove iste zvezde, sa ovog istog mesta?!... Gde su, opet, sva ona maglovita osećanja dosadašnjih ljudi, a gde će se moja i sva buduća osećanja duša ljudskih denuti?... Ostavlja li sve to traga za sobom i ostaje li ga zeamlji... i gde li će posle, kad zemlje nestane?... Večnost, večnost, pa ipak ništavilo strašno i užasno! Bilo i... i... i... nestaće svega, i... ipak će sve ostati!”

U času kao da se napregoše sve sile uma njegova da stvori o svemu jasan pojam. Klonu snaga i on se oseti čisto malaksao od čudnih misli, te uđe u kuću.

Ne hte ulaziti u sobu, već sede u kujni kraj ognjišta, na kome gori vatra i kraj nje se kuva večera u loncima.

Na duvaru su povešane bakarne kuhinjske stvari i svetlost ih vatre osvetljava.

Bejaše, dakle, sam u tom času, te produži svoje misli:

„Kupili ljudi stvari; dali za njih pare; cenjkali su se, možda, i sada ih čuvaju i paze da se ne upropaste. Spremaju večeru, ručak; jedu da jelom održavaju život!... Našto nam sve to?!...”

Utom uđe unutra domaći pas, stade pred njega i zagleda mu se pravo u oči, mašući repom i oblizujući se...

„Nikakve razlike između života moga i života ovoga psa! Za prirodu je to sve jedno!... Zašto se onda glupi ljudi ponose i traže preča prava. Smatraju svoj život kao nešto veliko, važno, a život životinje kao nešto sićušno, beznačajno?!”

Zanet u takve misli nije ni primetio kako ga je pas ostavio i prišao mesu što bejaše u jednoj šerpi ostavljeno za prženje.

Lupa zaklopca što ga pseto odgurnu njuškom trže mladog sanjala iz misli, koje se najedared presekoše i uzeše drugi tok.

Skoči sa stolice, viknu na psa i udari ga nemilosrdno nogom.

— Umalo ne ispogani meso! — promrmlja ljutito istog trenutka kad pas kviknu od bola i pobeže u dvorište.

O tome događaju ispriča i majci, koja malo posle toga dođe u kujnu.

Smrt

Ivan Todorović je valjan seoski domaćin. Već mu je blizu šeset godina, a kad mu pogledate prav stas, rumene obraze i svetle oči, ne biste rekli ni pedeset da ima. Mnogi su zavideli zdravlju njegovu. Broj godina mu ništa ne smetaše da neumornim radom prethodi sinovima svojim kao primer vrednoće. Mudrom i strogom upravom uz to učini da se zadruga, kojoj je on starešina, ne pocepa. U kući je vladao najveći red. On je pre zore uvek na nogama te mlađima izda naredbe šta će ko toga dana raditi, posle čega svaki odlazi na svoj određeni posao. Ako bi se moralo gde ići s kolima dalje od kuće, naredio bi da se volovi što će se sutra ukoškati dobro odmore i nahrane, a on bi ih dva-tri puta prekonoć obišao, te video imaju li hrane i pogledao u zvezde, prema kojima određuje da li je vreme polasku. Utežnu stoku pazio je kao i čeljad svoju i pridavao epitet „hranitelja".

Tako je i ove godine, na nekoliko dana pred Svetog Savu, naredio najstarijem sinu da natovari dvoja kola žita, što će oterati u Kragujevac da proda. Uveče je bilo sve spremno. Oko tri po ponoći iziđe Ivan iz pregrejane sobe samo u košulji i stade pred kuću, te pogleda na zvezde da li je vreme putovanju.

Vedra zimska noć. Mraz stegao, pa čuješ kako cerići puckaju u šumi, a čini ti se da i zvezde drhte od hladnoće.

Ivan se strese, zatim se počeša po glavi i pogleda opet nebu...

— Vreme je! — izgovori za se i htede ući u kuću. Utom se čuše medenice iz košare gde su volovi.

„Šta li čine 'moji hranitelji?'", pomisli Ivan i otrča preko snega do košare.

Sutradan je Ivanova starica Stevana razgovarala sa svojom prijom između ostaloga i ovo:

— Ma nešto mi Ivan od jutros kunja, i sve ga tera na žeđ!

— No, isto, vidiš, tako od onomad i moj Dobro ništa ne valja: sve trči vatri... Boli li Ivana glava i žali li se kako mu se gadi? — veli prija Stanija.

— Ma jok, nešto se ne žali da mu se gadi, no ga neki đavo ušinuo pod levu plećku, pa veli: „Kad dihnem, a ono kao nožem da ga udariš!"

— Rednjičina, ubio ga bog, tako se žali i Savo Perov — dodaje Stanija.

— Ne znam šta mu bi odjednom? — veli zabrinuto Stevana.

— Ono, i godine su, prijo, pa da ništa drugo nije. Ja baš onomad govorim sa Dobrom za Ivana kako pametno upravlja, pa kažem: ne daj, bože, kad bi potegao da umre, odmah bi se ovi mlađi izdelili.

Stevana se zamisli duboko. Zatim uzdahnu, odmahnu glavom i sleže ramenima, pa jedva čujno izgovori:

— Šta bog da! S bogom se ne možemo biti!

———

Ivan je već uveliko bolestan od zapaljenja pluća. Nije više ležao u sobi, već kao bolesnik, kraj ognjišta. Kraj uzglavlja mu sedi Stevana, a ostali su ukućani svaki na svome poslu.

— Gde je Marko? — upita Ivan za najstarijeg sina i zakašlja se uvijajući se od bolova.

— Ja mu rekoh da ode u vodenicu da smelje malo strmna brašna.

— Dobro si uradila — veli Ivan šapatom. — I ja sam mislio da ti to kažem.

— Ima još dosta projina brašna, ali nek se nađe i onoga za svaki slučaj... — veli Stevana.

Oboje ućutaše. Samo se čuje kako Ivanu krči u grudima. On je razmišljao šta li bi bilo od zadruge da on umre i da li bi mlađi umeli sve pripremiti što treba oko sahrane i daće. Sramota bi bilo da odu ljudi nedočekani kad umre takav domaćin. U pameti je prelazio sve moguće smrtne slučajeve, i sećao se kako je gde bilo spremljeno.

Utom Stevana prekide ćutanje, te produži onde gde maločas zastade.

— I Marko umoran, tek se vratio iz Kragujevca, ali mora se ići. Ne daj, bože, da ti šta bude, pa kud bih dočekala ljude sa projinim brašnom.

— Zatvorite ono garavo nazime da se uhrani — jedva izgovori Ivan od bola, misleći u sebi: „Nek se nađe za svaki slučaj. Godine su, a slab sam, pa sramota nemati ničega u kući!"

— A ja rekla deci da zatvore i hrane onog belog veprića...

— Nemoj njega, ostavite ga za priplod. Ja sam ga za to ostavio! — veli Ivan, jedva izgovarajući od bolova.

Opet ućutaše. Drva na vatri puckaraju; Ivanu krklja u prsima, pokadšto se zakašlje i jaukne od bolova.

Stevana se opet nešto duboko zamisli i suznim očima gledaše na plamen od vatre.

Idućeg dana je Marko išao opet u Kragujevac. U putu se s jednim svojim seljakom ovako razgovarao:

— Šta ćeš ti, Marko, do Kragujevca?

— Neke stvari da uzimam.

— Pa ti, čini mi se, onomad bejaše u Kragujevcu.

— Bio sam, no mi otac nešto slab, pa moram opet.

— Je l' mnogo slab?

— Mnogo, bogami, a znaš star čovek, pa ne daj, bože, zla slučaja, a ponestalo u kući kafe, šećera, sveće, te rekoh da uzmem sve što mi treba...

— Šta ćeš da mu činiš!... Bolje spremiti sve nek ima nego da se brukaš!

— Imamo, hvala bogu, i vina i rakije, samleo sam i brašna, pa rekoh da nabavim i ove sitnice...

— Pa jā, treba, brate, za takav slučaj, kao za slavu, a i bolje još. To što mu izdaš za dušu, i njegovo nema ništa više, a čovek tekao celog veka.

— Daj, bože, da se ovo u zdravlju pojede i popije — veli Marko, i kao da mu se suza zasvetli u očima.

— Ama, ono već ne daj, bože, zla slučaja, no tek razgovaramo!

— Vala, s bogom se ne možemo biti — dodade Marko.

Obojica obodoše konje i pokasaše ćutke.

— Nešto ti se sulja konj! — veli onaj Marku.

— Starokovan! — odgovori Marko posle čitavih nekoliko minuta.

———

Ivanova bolest ide sve nagore. Od juče su počeli već neki i od suseda dolaziti. Dolazio je Nikodije, drug Ivanov još od detinjstva i gotovo prvi sused.

Uđe u kuću, pozdravi se sa svima redom. Mlađi ga izljubiše u ruku, a zatim sede kraj ognjišta.

— Šta je tome matorom? — pita šaleći se.

— Bogami, ne valja ništa! — veli Stevana.

— Ništa mu neće biti bez ušnika — šali se opet Nikodije, a zatim poćuta i ozbiljnije dodade: — Vala smo se i naživeli.

— Metite, deco, te ugrejte rakiju za Nikodija — veli Stevana.

— Ma ja nisam ni znao da je slab, no mi juče deca pričaju, pa rekoh ajde da vidim šta mu je!

Nikodije priđe Ivanu, drmnu ga malo i reče:

— Ajde, bre, pij ovu rakiju, ne isteži se tu, dok nisam uzeo štap, pa ćeš da skočiš kao jelen.

Nikodije se zasmeja kod tih reči, pa se opet uozbilji, poćuta malo, pa dodade tihim glasom:

— More, pa on, istina, slab!

— Noćas smo mu sveću palili, tako mu beše došlo.

Nikodije odmahnu glavom, i ne reče ništa.

— Ne znam da l' bi bilo dobro da ode Marko da upita doktora za neki lek? — pita Stevana.

— No baš slab mnogo... Mučno, bogme, da on preboli... Al' opet nek ide Marko, nek upita... Nema vajde mnogo, no tek čovek da ne žali posle što nije i to probao! — veli Nikodije i primi čašu grejanice što mu poslužiše. — Imate li još koliko tovara ove rakije? — prekide nanovo ćutanje Nikodije.

— Pa imaće još oko dvadeset tovara — veli jedan od sinova Ivanovih.

— Mnogo dobra rakija... Trebali ste kupiti rakiju za trošak i onako za slučaj, a ovo da čuvate. Podesila se u pečenju mnogo lepo — opet će Nikodije.

Pala noć. Ivanu sve teže. Preneli ga ponovo u sobu, koja je puna rodbine, prijatelja, suseda, poznanika. Očekuju čas kada će umreti i došli da čuvaju bolesnika. Na drvenom stolu gori lojana sveća i slabo osvetljava gotovo najbliže predmete. Na duvaru o jednom ekseru visi voštanica. Tu je namestila Stevana „da bude na meti". Ona sedi kraj njegove postelje i plače. Sinovi stoje okolo nje gologlavi, ćute, strepe i osluškuju svaki hropac bolesna oca. Poneka od susedskih žena, ili koji od ljudi, priđe postelji, pogleda, pa tek odmahne glavom i odmakne se, te ode na svoje mesto.

— Kako mu je? — pitaju ostali.

— Do zore mučno da sastavi — čuje se odgovor, i razgovor se produžuje gde je i prekinut.

Nikodije i još jedan od suseda razgovaraju o porezu i velikim troškovima. Neki Simo Veljković, Ivanov brat od tetke, zaspao u jednom uglu sobe i hrče.

Neke od žena govore o bojenju pletiva.

Nikodije priča dalje kako su onomad bili na kazanu te pili, pa kad su pošli kući, a Panto pao u neki jendek. Ostali poznanici bolesnikovi počeše se smejati.

Simo se trže iza sna, zevnu glasno, počeša se i zevnu opet, pa se diže te priđe bolesniku i upita Marka, onako sanjiv:

— Kako je batu Ivu?

Marko sleže ramenima.

Nastade tišina, čuje se lepo kako bolesniku krklja u grudima.

— Nema ništa od njega — poče Sima. — Isto tako moj pokojni babo... krča, krča, bog da ga prosti pa pred zoru umre... Isto baš tako, kao da gledam pokojnog baba...

— Tako je i pokojni Zakarije isto kao Ivan bio slab, pa umre i on siromah! — uze reč Nikodijeva žena.

— No, kažem ti — obrati se njoj Sima — tako moj babo pokojni krča, krča siromah, pa pred zoru umre, bog da prosti! — ponovi Sima svoje mišljenje, pa se opet počeša po zatiljku, zevnu glasno i ode u svoj ugao, te kroz nekoliko trenutaka opet zahrka u snu.

———

Već samo što nije zazorilo. Petlovi kukureču i lupaju krilima. Mnogi od gostiju pospali ili zadremali, a tako i ukućani. Samo se Stevana drži budna i ne odmiče se od postelje.

Poče se jedno po jedno buditi. Poustajaše i ukućani i iskupiše se u bolesnikovoj sobi.

Prvi zraci blede zimske zore zabeleše kroz maleni prozor. Sveća dogorela i ugasila se. Oseća se zadah loja, i gust mlaz dima diže se u vazduh što se jedva nazire u prvom osvitku zorinom.

Iz susedne sobe čuje se detinji plač. To je najmlađe Ivanovo unuče.

Sve se više i više razvideljava. Poustajala i deca, te cela kuća vri od dečjih glasića. Stariji već trče i po polju.

Najmlađa snaha ode s bakračima na izvor. Prođe pored prozora Ivanove sobe. Čuje se kako bakrači luparaju na obramnici.

Ivan otvori oči i nejasan, ukočen pogled upre u prozore. Podiže suhu, mrtvačku ruku i mahnu ka prozoru.

— Hoćeš da jedeš nešto? — pita ga Stevana tiho, meko.

Ivan odmahnu glavom, a u grudima mu sve više krklja. Opet pokaza rukom na prozor i nešto prošaputa isprekidano.

— Mora da hoće da otvoriš prozor! — veli Nikodije.

— Mnogi tako pred smrt hoće da otvore prozore. Zar ih nešto guši?! — veli neko od gostiju.

Otvoriše prozor. Hladan vazduh jurnu u sobu, te kao da osveži sve ove što ga čuvahu.

Ivan okrete glavu na drugu stranu. Malo postoja, pa se opet okrete prozoru, i upre napolje pogled, diže jedva ruku i mahnu sinu da dođe bliže. Isprekidano prošaputa nekoliko nerazumljivih slogova.

Hteo je reći da žensko tele od šarene krave ostave za domazluk. Inače je sve drugo naredio još dok mu je lakše bilo.

Utom se zakašlja i krv mu jurnu na usta. Ivan ponese ruku ustima i ruka mu klonu...

Stevana zakuka, zakukaše snahe, ustumara se čeljad, zavriskaše unuci. Zapališe voštanicu...

Ivan je izdahnuo.

Zamena

Mučno da bí bilo koga u okrugu, naročito od starijih ljudi, koji nije čuo za Milutina Pervizovića. Dovoljno je reći samo gazda-Milutin, pa bi već svaki znao o kome je reč.

On je živeo u jednom selu što leži u prisoju Rudnika.

Bogatstvu njegovu nema ravna u celoj okolini, a poštenju i hrabrosti još i manje. Mnogi su ga voleli, a bilo ih je te ga mrze; ali ne bejaše nijednoga što ga ne bi poštovao. Sama pojava njegova nagoni čoveka na to.

Visok, stasit, pleća širokih, a glava srazmerna ostalom telu, uvek ponosno uspravljena na snažnom vratu. Veliko, široko čelo, od kog se odvaja nos sa jedva primetnim ugibom u povijama, a na sredini je nešto više ispupčen; guste prosede veđe, sa dugim dlakama, mešaju se sa trepavicama, a ispod njih crne oči pune sjaja; gusti prosedi brci pokrivaju gotovo usta i padaju do ramena. Bradu je brijao. Na licu svaka crta oštro određena. Ceo izraz pokazuje stalnost, odlučnost i hrabrost, a uz to poštenje, dobrotu i iskrenost. Na licu nema ničeg neodređenog i nejasnog, već s njega bi mogli čitati dušu, kao iz knjige. Odelo je na njemu turskog kroja, a od najbolje čoje.

Pogledajte ga na ulici: korača lagano, krupnim koracima, ponosno ispravljen, a prati ga uzastopce veliki pas Lorda, bez koga ne bi išao ni peške, ni kad jaše. U ruci nosi dugačak čibuk sa ćilibarom na vrhu.

Za dobra konja i oružje dao bi sve što ima. Uvek jahaše besne i silne pastuve. Milina ga na konju pogledati, naročito na nekakvom Brnjašu. Kakva je tek oprema, jahaća?! Uzda sa raskošnim svilenim kićankama; sedlo tursko, a preko njega čulton od najbolje čoje, izvezen zlatom i okićen bogatim resama; o unkašu srebrnjaci pištolji u kuburama, čojom opšivenim, a po čoji izvezeno zlatom. — Besan konj rže i podigrava zečki, maše glavom, i baca penu, a na njemu zamislite Milutina, ovakvog kao što vam ga opisah, pa čik se uzdržite, a da oduševljeni ne uzviknete: „Dobra konja, još bolja junaka!"

Neobično je voleo veselje, iako bejaše uvek ozbiljan. Neki put se hteo i našaliti, ali mu šale behu čudne i nezgrapne. Jedanput noću, pri povratku sa neke svadbe, kaže on svom susedu Todoru da ga priček. Dok Milutin ispije s konja jednu čašu kod vratnica za srećan put, i oprosti se sa domaćinom, sused njegov obode konja, i umakne rekav svatovima: „Neka me stigne sa svojim Brnjašem! Ako me stigne, neka mi ubije konja!" Kazaše to Milutinu.

— Neće umaći! — viknu Milutin, zagrejan malo vinom. Izreče to, pa natuče kapu na čelo, povi se po konju i udari ga bakračlijom. Brnjaš skoči uspropnice. Ostali se svatovi razdvojiše i napraviše sredinom prolaz. Milutin još više poleže, ošinu konja, i zemlja zatutnja. Izgubi se u noći, a do svatova dopre samo jedared njegov jak glas: „Brnjooo!..." Postoja neko vreme, i odjednom se gudure prolomiše od pucnja Milutinova srebrnjaka. Stigao je Todora i ranio mu konja u sapi.

Kad Todor sjaha, Milutin izvadi kesu i odbroji trideset dukata u zlatu.

— Evo ti za konja, ali drugi put nemoj čikati!...

Najradije se veseljaše, letnjih večeri, pod vedrim nebom.

Koji pohodilac zagušljivih mehana ne bi pozavideo veselju njegovu?

Svud je oko kuće njegove šuma, a veliko, prostrano dvorište je na jednom obrešku kao proplanak.

Milutin iznese pun bakrač vina, metne ga na rudinu, pa okolo posedaju i gosti i on, te piju, pevaju i pucaju iz pištolja.

Kud god pogledate, veselo. Na sve strane bruje preljske pesme i pripevi ljubavni, praćeni smehom i pokličima momčadije.

Mesec se veličanstveno pomalja iza vrha šumovitog brega, pa žurno hita visini na sastanak zvezdama, što trepere zanosno i milo u radosti, i ljupko se smeše na svoga dragana. Odsjaj te nebesne ljubavi ozarava ceo svet, pa i dvorište Milutinovo, i njih vesele kraj rumenog vina. Šuma tajanstveno huči od povetarca, pa vam se čini da čujete šapat sreće, nade, ljubavi; šapat, pun slatke čežnje i neke uzvišene svete tajne ljubavne.

Nije se ni čuditi što Milutin očuva svežinu i vedrinu duha, te sumornost, klonulost i očajanje, te čudne bolesti našeg mekog kolena, nikad ne nađoše mesta u duši njegovoj. Čedo rudničkih planina, odnegovano na krilu majke svoje, Milutin bejaše pun ponosa i samopouzdanja, pun odvažnosti i nade, pun uzvišenog nežnog osećanja.

Zimnje večeri je proveo kraj ognjišta. On sedne u pročelje; s desne strane vatre stari sluga Srećko, te peva uz gusle junačke pesme, a ostali ukućani redom, po starešinstvu. Ostale sluge, sem jednog što služi vino, stoje ili sede za prekladima, pa čekaju na naredbe domaćinove.

U kući Milutinovoj retko je kad bilo bez gostiju, stranaca, putnika, namernika sa raznih strana i sirotinje, koja uvek nalažaše pomoći i usrdnog dočeka u domu njegovu, kao i svi ostali.

———

Otac Milutinov poginuo je u dvadeset petoj godini svojoj u onoj teškoj i uzvišenoj borbi za slobodu našega naroda. Za sina se s pravom sme reći: dostojan je oca svoga.

Za oca znađaše samo po pričanju materinom.

— Zimi, po Bogojavljenju — pričaše ona — baš u zoru, otide poslednji put od kuće. Tebi je bilo šest godina, a Marku (mlađi mu brat) četiri. Spavali ste obojica zagrljeni. On siromah priđe, pa vas izljubi; pozdravi se sa mnom, i ja zaplakah kao dete. „Ne plači, jer ja moram braniti i tebe i ovo ovde od nasilja turskog!...” Ja još više u plač! Uhvatim ga oko vrata da ga zadržim. On me odgurnu, zagleda mi pravo u oči, pa reče: „Ako poginem, ostavljam ti u amanet sinove. Uči ih da budu valjani ljudi, dobri hrišćani i Srbi!... Čuvaj ih kao zenicu, i nemoj se udavati!...” Opet priđe, ponovo izljubi i tebe i Marka, gleda vas dugo, pa kad mu suze zasijaše u očima, trže se, pozdravi se još jednom sa mnom, i ode, ne progovoriv ni reči. Nikad ga više ne videh; niti znam kud mu je telo, i gde je poginuo.

I Milutin je išao dva puta u rat. Da ste ga gledali kad je pred kućom jahao konja, polazeći da pogine, ne biste na njemu tom prilikom zapazili ničeg, gotovo, što inače ne videste u izrazu njegovu kad polažaše gdegod na veselje.

——

Jednog večera seđaše Milutin kraj ognjišta na svome običnom mestu, a stari sluga peva uz gusle:

Kad se šćaše po zemlji Srbiji,
po Srbiji zemlji da prevrne...

Stariji mu sin, Vasa, bejaše otišao da obiđe trla, zabrane, svinjce, i da vidi šta rade svinjari; a mlađi, Milan, odjaha u grad da kupi soli za stoku.

U dvorištu se ču konjski topot. Malo postoja i u kuću upade Vasa, bled i preplašen, kao da ga ko juri, a za njim i momak što bejaše pošao da noći u trlu.

— Što se vraćate? — pita Milutin.

Vasa ne mogaše progovoriti od uzbuđenja, te momak uze pričati:

— Sretosmo kod potoka ’ča-Simeuna, pa nam kaže kako te večeras, za busijom, čekaju neki s puškama, jer misle da ćeš ti ići da obiđeš svinjare. To nam reče ’ča-Simeun, i veli da se vratimo te ti kažemo da se čuvaš!

— Znam ja čije je to maslo, ali neće Milutina poplašiti... — reče Milutin, pa posle kratkog ćutanja pogleda Vasu i upita strogim glasom: — Pa zar si se vratio, plašljivče?

Vasa ništa ne odgovori. Stoji pred ocem, a sav se trese od straha i stida.

— Pa dete je, Milutine — brani ga majka, izgovorivši ove reči plačnim glasom.

Milutin je pogleda; ona obori oči ćuteći.

— Teško meni s takvim porodom — reče Milutin gnevno, nabra obrve, poćuta malo, pa se tek okrete momcima, i oštro zapovedi: — Brnjaša!...

Odoše da spreme konja, a on skide s čiviluka kuburaše sa srebrnim jabukama, pregleda ih pažljivo, metnu u kubure, pa, pruživ ženi, ne reče ništa; ali, ona je razumela: ode, te dade pištolje momcima da metnu na konja. Kad se vrati, oči joj behu uplakane, a Milutinu ne smede reći ni reči, niti ga zamoliti da ne ide.

Brnjaš spreman bije nogama o zemlju, i vrišti čekajući gospodara, a dva momka ga drže za vođice, jer bi se od jednog mogao oteti.

Milutin iziđe te uzjaha. Otvoriše vrata na dvorištu; on okrete Brnjaša, tače ga bakračlijom te se prope, i besno podskoči napred. Lorda skoči ispod trema od koša, arlauknu radosno, pa lajući pojuri za konjem. Za časak se izgubiše u noći...

———

Objavljen rat. Dođe naredba da se kupi vojska. U kući Milutinovoj vođaše se ovakav razgovor:

— E, hajde, videćemo kako će se deca pokazati — veli Milutin i pogleda Todora, što bejaše došao da mu ponudi neke volove na prodaju. — Šta vi velite?... — opet će Milutin, pogledav na sinove.

Vasa se zamislio, pa i ne ču šta ga otac pita.

— Nije, bogme, lako!... — veli Todor i maše glavom zabrinut, jer i on ima sina što će ići u boj.

— Junaku je i to lako! — dodade Milutin živo, pa opet pogleda sinove.

— Teško je to!... — reče Todor razvučeno, i uzdahnu duboko.

— Mi smo dva rata izdržali, pa i ne osetismo! — opet će Milutin.

— A oni drugi?... — pita Todor gledajući preda se, seti se poginulog brata, te mu tuga pade na srce.

— A oni drugi, a oni drugi, šta je s onim drugima?... Nisu ih pobili zbog razbojništva i krađe! Poginuli su braneći narod.

— Branili, siroti!... — procedi Todor kroza zube zamišljen, a osećaše kao da mu ko srce čupa. Sina će morati ispratiti u boj.

— Teško onome što ostane da žali i kuka!... — umeša se preko običaja žena Milutinova. Uzdahnu duboko, pogleda kradom sinove, a strah i slutnja joj pritiskoše dušu. Oseti se kao da već čuje crne glasove s bojišta kako su joj sinovi poginuli. Pogleda ih opet žudnim pogledom, kojim kao da bi ih htela večno zadržati tu, kraj sebe. Suze joj se skotrljaše niz obraze. To je srce materino progovorilo. Još jednom težak uzdah ote joj se sa dna duše. Skide pogled sa sinova i bojažljivo pogleda: da li je Milutin opazio.

— Onaj što pogine, bar prebrine sve brige, a onom što žali večito ostaje srce crno!... — odobravaše Todor.

Vasa je zamišljao kako je u boju, kako će poginuti, a leš će njegov ležati daleko, daleko od kuće na nekakvom strašnom, usamljenom mestu. Misli kako će njegova mlada i majka biti u crnim maramama, sa isplakanim, crvenim očima; kako će kukati i naricati! Kako će ga svi pominjati i žaliti; ali, oni će biti svi zajedno, živi; samo njega neće biti! On ih neće više nikad videti.

— Ti, Vaso, treba da odeš do zabrana i kažeš momcima da obale jedan grm. Vidiš da je omalilo drva — zapovedi Milutin.

Vasa se prenu iz misli, pa zbunjeno i rasejano upita:

— S kim da idem?

Milutin ponovi naredbu.

Vasa baci nehotično pogled na plamen od vatre na ognjištu, pa pomisli: „Oni će se grejati, a možda i ćaskati veselo, i onda kad ja budem smrtno ranjen ležao na kakvoj pustoj, snežnoj poljani, bez igde ikoga svoga!" Sav se strese od te misli; osećaše da ne može nikakav posao preduzeti, pa ipak iziđe iz kuće da bi se sklonio ispred pogleda očeva.

— Zaboravili smo mi kako je nama bilo pred rat!... — reče Todor, kad Vasa iziđe, skrušen i zamišljen.

— Cmolja! — procedi Milutin kroza zube ljutito, sam za se, a zatim glasnije dodade: — Da su mi njegove godine!...

———

Nije mnogo prošlo, a dođe čas da sinovi Milutinovi pođu u boj.

Nije teško pogoditi kako je majka sinove ispratila. Osećala je da joj je srce iz grudi iščupano, a još i gore. Ništa se ne može porediti s osećanjem majke koja sinove šalje da poginu.

Milutin je bio namršten, izgledao je pre ljut nego ožalošćen.

Kad ga sinovi poljubiše u ruku, namršti se još više, i otpoče govoriti tupim, promuklim i zagušljivim glasom:

— Deda vam je poginuo u boju, a ja sam dva puta bio u ratu... Nemojte da gori od vas budu pred vama... — tu zastade, ćuta dugo, kao da ne znade ni sam ni šta je počeo, ni šta će dalje reći. Iskašlja se, i još zagušljivijim glasom produži: — Srećan put, deco, i daj, bože, da pobedite, a ako... — opet prekide, i završi rekavši samo još jednu reč, i to nekako oporo, ljutito: — Idite! — srce mu se steglo od bola, a suze samo što ne kanu.

———

Borba započeta.

Jednoga dana, baš nekako pred Božić, puče glas po selu da je naša vojska pobeđena i da su mnogi vojnici izginuli.

Plač i kuknjava nastade; mnoge su i žive oplakali i ožalili.

Kod Milutina u kući beše nekoliko seljaka, kad takav glas donese iz grada momak što bejaše otišao da kupuje neke potrebne stvari za kuću.

Majka zacvile za sinovima; seljaci oboriše glave i svaki se dade u brigu šta je sa njegovim rođakom, sinom ili svojtom; Milutin se namršti, a oči mu zasijaše čudnim žarom i celo lice dobi izraz strašne osvete.

Nastade izvesno vreme tajac. Samo plamen puckara, a vetar napolju zviždi.

— Jaoj, tužnoj majci do boga! — izgovori zagušeno kroz plač žena Milutinova, ne mogući odoleti bolu srca.

— Odoše deca, te ih poklaše i potukoše. Ah, da mi odosmo, tada bi videli neprijatelji šta su Srbi... O, skotovi pogani, lako je decu pobediti — tu zastade, pa jačim glasom dodade, pogledav naviše: — Daće bog da se mi krenemo!

Milutin je izgovorio ove reči jakim, ustreptalim glasom. Usne mu drhtahu od uzbuđenja; uz obraze udari plamen plemenita gneva i sujete, a oči sevahu strašnim žarom osvete, mržnje i bola.

U izrazu njegova lica ogledahu se sva ta osećanja što ih iz duše pokrete ponos narodni i ljubav prema deci. Iako mu već beše prošlo pedeset godina, ipak ne klonu duhom pri pomisli da su mu sinovi izginuli. On se sećao svoje mladosti, snage i hrabrosti. Nehotično je pojam o Srbinu vezivao za mladost svoju, pa to isto željaše, i nesvesno, preneti i na sinove. Pri pomisli da je srpska vojska pobeđena, da su mu sinovi pobeđeni, osećaše kao da je on lično osramoćen i pobeđen. Krv mu uskipe u žilama, a sva snaga mladićka kao da se obnovi u njemu. Oseti se isto tako svež i krepak kao kad je u mladosti nagonio konja da preskače, pod njim, stolove na svadbi. Zažele da su mu neprijatelji blizu, pa da odmah opremi Brnjaša, uzme oružje, i jurne u najgušće redove; da se sit nakolje „pasa” i da im pokaže ko su Srbi, ko je otac pobeđene dece.

— Hraniš ga, neguješ ga, pa ga pošlješ da ga kolju po belom svetu!... Jaoh, tužnoj majci!... — nabraja očajno žena Milutinova, gruvajući se u prsa.

— Ne kukaj! — viknu Milutin ljutito, jer ga to trže iz osvetničkih misli, pa mu čisto izgledaše kako će plač i kuknjava sve njegove planove pokvariti...

— Samo srce kuka!... — odgovori mu žena, možda prvi put u životu.

— Majka je to!... — prošaputa neko od seljaka.

Potom svi ućutaše.

Tišina čudno utiče na dušu. Milutin kradom pogleda ženu nemim, ukočenim pogledom. Kao da za časak osećanje roditeljsko nadvlada sve ostalo. Pogledi im se sretoše, i ona razumede misli njegove pa zaplaka i pokri lice rukama. Milutinovo se čelo natušti, obori glavu i zagleda se u plamen, što je zanosnim puckaranjem prekidao mrtvu tišinu. Nije se ljutio što žena plače. Iako bejaše namršten, i izgledaše ljut, ipak mu nekako gođaše duši plač njen.

———

Nekoliko dana posle toga bejaše zaista donet u bolnicu poveći broj ranjenika, mahom iz te okoline.

Odmah se Milutin spremi, te ode u grad. U bisazima je poneo raznih ponuda za ranjenike, a naročito lepa duvana.

Osnovna škola u gradu pretvorena je u bolnicu. Tu gde se, pre tri meseca, u dvorištu mogla čuti samo vesela graja, smeh i pesma vesele, bezbrižne dece, gde sretaste dečja okrugla i rumena lišca, puna sreće i detinjske, čiste vedrine, bez ikakva, pa i najmanja traga tuge: eto, u tom istom dvorištu gledate sada starce i babe sa mutnim, uplakanim očima, u kojima treperi bled, slab plamičak, koji se gasi, pa ipak u tužnome njegovom odsjaju gledate ljubav roditeljsku, strah, očajanje, žalost, bole, jade, a kroz sve to, kao da je prepletena nada sa izrazom: „Živ je možda", i teška slutnja: „Već je mrtav!"... Vidite ozbiljna, sumorna lica sa oštrim crtama ili dubokim borama starosti, ili patnje. Izrazi mračni, očajni, plačni, a ponegde sa tužnim, ledenim zadovoljstvom: „Videću ga bar mrtva!" I do takvog stanja dolazi duša ljudska. Ne čuje se u tom društvu više vesela graja i smeh, već, mesto toga, tužni uzdasi, jauk, plač. S vremena na vreme je mrtva, grobna tišina, u kojoj kao da osećate kako ranjena duša treperi. To je rodbina ranjenika koji su tu, ili onih koji su još u boju, ili izginulih. Mnogi od ovih istih roditelja dolazili su tu, u školu, kod dece svoje, a ta ista deca sada su samrtni ranjenici u istoj možda sobi gde su nekada kao đačići sedeli za školskom klupom. Čudan je život, čudna sudbina!... Da li se i oni na samrtnoj postelji sećaju toga?...

U bolnici nije tužnije nego pred bolnicom.

Neki od ranjenika već ozdravljuju, pa se razgovaraju; neki se šale svojim unakaženim udovima. To su strašne šale, koje se govore onda kad duša plače. Neki u samrtničkim mukama jauču i škripe zubima; neki opet u zanosu buncaju pominjući svoje mile; poneki izdišući zalerpša rukama, skupljajući poslednju snagu života da se otme groznoj smrti iz naručja.

Milutin seđaše kraj postelje nekog Đurđa iz obližnjeg sela. Lako je ranjen, te se s njime, bar u prekidima, moglo razgovarati.

— Šta je sa mojim Vasom i Milanom? — pita Milutin, i kao da oseti, prvi put, da mu glas zadrhta od teške slutnje.

— Milan je u mojoj četi. Ostao je zdrav, kad ja bejah ranjen...

— Pa zar naša vojska ustuknula? — upita još uzdrhtalijim glasom Milutin, jer ne smede odmah pitati za Vasu. Nekako se bojao.

Vojnik pričaše o samoj borbi u najmanjim pojedinostima, prekidajući često stenjanjem zbog bolova.

Milutin nije ništa čuo. Bio je zanet drugim mislima. Vojnik prestade pričati. Milutin ćutaše dugo. Neko od ranjenika jauknu, te se Milutin trže iz misli, pribra se i upita tiho, jedva čujno:

— Šta je s mojim Vasom?... — njegov rođeni glas mu se činjaše tuđ, stran, pun slutnje, te se čisto trže i uplaši od toga glasa, kao da je krivac koji očekuje, sluti crn glas o smrti svojega deteta.

— Prvi poziv još nije stupio u borbu...

— Hoće li skoro?

— Ko zna?... Ali, Vasa je tvoj utekao iz logora pre mesec dana. Oglašen je za vojnog begunca, i ako ga uhvate — biće streljan!...

Za Milutina bejaše ovo mnogo crnji glas no što je i mogao očekivati, te iznenadno pade na dušu njegovu takvom silinom i jačinom, pa potre i uništi sva osećanja. U tim prvim trenucima on ništa ne osećaše, ne razumevaše. Pogled njegov neodređeno i glupo lutaše od predmeta na predmet, a on ne znađaše gde gleda. Oseti se kao čovek koji hoće nešto, a ne zna šta hoće. U ušima kao da mu bruje glasovi: „Strašan je to glas, to je velika sramota!" A on ne zna šta sve to znači, i otkuda on tu, i kuda će odatle? Posle oseti potrebu da mu valja nekud žuriti; da ga očekuje nešto strašno, da će sve propasti, i kuda da žuri? Pokuša da ustane, a ne može... Malo-pomalo, osećanje se poče razbistravati i snaga vraćati, pa oseti kao da se budi iz nekog strašnog sna, u kome je vrlo dugo spavao, pa ne može da veruje užasima što ih sanjaše.

Sada mu tek dođe do ušiju jauk ranjenika, te se obazre, pogleda oko sebe; pogleda i Đurđa. Sve poznato, ali, kao kad kogod posle nekoliko godina dođe u poznato mesto, pa mu se obnavlja u sećanju sve ono što je davno prošlo. Sada tek razumede reči Đurđeve, i lice se poče preobražavati. Svi se mišići grčevito stegoše, oči strašno zaplamtiše. Ustade namršten. Oči mu gotovo behu već zakrvavile, a preko namrštena čela ukaza se nabrekla žila. Iziđe, i ode, a ne progovori.

Kod kuće nije ni s kim progovorio. Svu noć ne zaspa. Bezbroj misli kružaše po njegovoj glavi. U času se nagomila u duši njegovoj takvo osećanje da bi kao van sebe skočio, stegnuo bi pesnice, izgovarajući zagušenim glasom:

— Ubiću ga, ubiću!... Zar moj sin!... Proklet neka je!...

Snaga ga izda, i on opet sedne na postelju... Jarost se stiša i pred očima se ukaže slika njegovog prvenca Vase, i u pameti se izređa sećanje celoga detinjstva njegova. Seća se Milutin prvog osmejka, prvih koraka, prvoga postanja. Silna je to ljubav. Koliko li veza vezuje njega za sina?! Vasinim je rođenjem osetio prvu ljubav roditeljsku, koja je s časa na čas, s dana na dan, bivala sve jača; pa zar ima čega da tu ljubav uništi? Kako je on Vasu pažljivo čuvao i negovao, kako li se osećao kad ga što zaboli. „Pa sada", mišljaše Milutin, „moje dete, moja krv — pa negde u tuđini na ciči i mrazu, prezren od drugova i celog sveta!..."

Osećanje se u duši njegovoj opet nagomila, te oseti teško disanje, da ga nešto davi, oseti neizmeran bol, a slika Vasina opet mu se ukaza pred očima. Milutin se čisto trže, a prezrenje, jarost i gnev progovoriše opet strašnom kletvom: „Proklet bio, ti si obrukao oca i dedu i narod!... Idi, nisi sin moj!" A u času, kao da mu Vasin glas kroz plač progovori: „Zar si me i ti prezreo?" Milutin klonu, i prvi put, kroz suze prošapta:

— Budi srećan!...

Odmah zatim se zastide tog blagoslova.

Najzad se u duši njegovoj stvori čvrsta odluka: „Moram ići i poginuti u boju! Ja ću biti zamena za sina; moram oprati sramotu što pada na kuću moju. Moram ispuniti amanet očev."

———

Sunce je na zarancima. Bledi, slabi zraci odbleskuju sa snežne površine što se već počinje korušiti. Prekodan su jurili potočići od istopljena snega, a sada se sve počinje lediti. Stao tok, a gledate sleđene talasiće isto onako kako se prekodan dizahu i veselim žuborom tecijahu nizbrdicom, pa vam se čini kao da gledate naglo presečen život, te vas obuzima neka nejasna, tiha seta. Po snegu, s jedne i druge strane puta, vide se mnogi tragovi, ili manje prtinice što se ukrštaju na razne strane kuda su ljudi prekodan išli svojim poslovima. Pogdegde se vidi sônik što odvojen od glavnog puta vodi kroz njive šumi ili kakvoj slami. Na glavnom putu tragovi od opanaka, kopita ili papaka; kolovoz i sônik, na kome se ponegde vidi i zemlja, uglađena pod teškim teretom što bejaše na sonicama. Po putu gdegde trinje od sena, ili čitav naviljak spao s kola, ili struk šaše, ili zrnevlje žita ovde-onde prosuto.

Više vas proleti kakva čavka ili vrana, i pada dalje od puta, kraj kakvog sena, oko koga je utapkano i uvršljano.

Hvata se suton i mraz sve jače steže. Sneg ciči pod nogama, a gora ječi od hladnog vetra. Sve pusto, nemo, sumorno. Pogdeko zadocnio žuri kući; ide peške i uvija glavom od vetra to na jednu to na drugu stranu; ili konjanik, zavijen u crno japundže, projuri u kasu i izgubi se u sutonu. Urlikne vuk, ili drekne lisica u kakvom potoku u šumi, pa se opet sve utiša, i samo golo granje u šumi ječi od vetra. Srce se steže putniku od neke tihe sete, a dušu kao da teret pritisne, naročito ako je daleko od kuće, pa misli na svoje ukućane što sede u toploj sobi, ćaskaju i očekuju ga na večeru.

Kako li je tek Milutinu što u ovo doba bejaše čitav dan hoda daleko od kuće svoje, koju ostavi s čvrstom odlukom da je nikad više ne vidi.

Brnjaš umoren ide hodom, klimne pokadšto glavom i frkne na nos. Sa znojavog njegovog tela diže se para, što se jedva nazire u sutonu. Milutin zapalio čibuk, metnuo dizgine na unkaš, povio se malo napred po konju, a pogled mu bludi po pustom snežnom polju, tamom obvijenom. Lorda lagano kaska sa isplaženim jezikom, prateći gospodara na njegovom poslednjem putu.

U to doba je žena Milutinova stajala pred kućnim vratima, plakala, gledala u noć, i kao da očekivaše da joj hladni severac donese glase o deci i mužu.

Plamen na ognjištu puckaraše zanosno i veselo, a kraj njega je samo Marko. Glavu naslonio na kolena, nem, bez života: kao kip! S vremena na vreme duboko uzdahne. Gusle vise na klinu kao i inače... Žuti mačak ravnodušno drema i tegli se opružen kraj toplog ognjišta...

Na raskršću

I

Veselin Savković je nekakav mali činovnik u jednom velikom nadleštvu beogradskom. Prirodno je, dakle, da je on utoliko više morao raditi, ukoliko mu plata bejaše manja. Nu, radio je on više nego što je trebalo! Dolazio bi na dužnost gotovo na čitav čas pre određenoga vremena, a izlazio poslednji.

Sem vrednoće, koju mu je uvek i sam šef hvalio, bejaše on savestan činovnik, a spreman i vičan svome poslu.

A i morao je takav biti da bi radom i marljivošću što bolje osigurao koru hleba sebi i svojoj porodici.

— Što si lud, te se satireš tolikim radom?!... — reče mu jednom jedan od drugova njegovih.

— Mora se — odgovori Veselin i ne dižući glave od posla.

— Znam da se mora, ali to je preko mere! Ti radiš i kod kuće noću — reći će opet drug njegov i izvadi kutiju, te poče zavijati duvan.

Veselin prekide za časak posao i pogleda ga tužnim pogledom, pa lako uzdahnu i reče:

— Imam ja porodicu!

— Pa šta je s tim? — pita onaj.

— A da me otpuste, kuda bih sa ženom i četvoro sitne dece?! — odgovori Veselin, i prignu na posao.

Ućutaše. Drug Veselinov zapali cigaru, pa pušaše ćutke i izgledaše nešto duboko zamišljen.

——

I zaista, trud Veselinov urodi dobrim plodom. Jednoga dana ga pozva šef sebi u kancelariju i reče mu kako je neobično zadovoljan njegovim marljivim radom i vrednoćom, te ga je prvog od sviju ostalih predložio za povišicu plate, a sem toga je učinio da o Novoj godini dobije za neprekoran dvogodišnji rad, kao odliku od ostalih, tantijemu od sto dinara u zlatu.

Veselin je jedva čekao posle te vesti da stigne kući i obraduje svoju ženu iznenadnom srećom.

Posle večere, kad su deca pospala, sedeo je do neko doba noći i razgovarao sa ženom, savetujući se kako će najbolje upotrebiti tih sto dinara. Napravili su raspored šta će se od toga kome detetu kupiti.

— Baš bismo mogli Miki (najstariji sinčić) kupiti nove cipelice — veli žena i pogladi dete po obrazu.

— Pa da mu kupimo — odobrava Veselin zadovoljan, pa i sam priđe detetu i poljubi ga.

Utom mala Vidica prokenjka u snu i zatraži vode.

— Šta smo toj maloj odredili? — upita Veselin.

— Njoj će mama da kupi nov kaputić — veli žena.

— Ala će da se zagleda kad se obuče!

— Ćurčica mamina — izgovori žena i poljubi dete.

Jedan deo od toga novca rešili su da ostave neka se nađe za slučaj nužde i slabosti.

Posle toga su u razgovoru prešli na povišicu plate.

— Pa to ćeš sada svakog meseca imati više po dvadeset dinara? — pita žena.

— Po dvadeset.

Žena je odmah počela u pameti raspoređivati taj višak kako se najbolje može upotrebiti, a Veselin se mislima preneo još dalje u budućnost i sanjao o još većoj plati i lepom udobnom životu.

— Bolje, bogami, da se počne štedeti poneka para dok su deca mala — saopšti žena zaključak svoga razmišljanja.

— Pa onda će biti i plata još veća — veli Veselin.

Oboje ućutaše. Čuje se kako deca dišu, te im je to godilo kao najzanosnija muzika. Osećahu se srećni i potonuše u mislima u još srećniju budućnost.

II

Nije prošlo ni mesec dana od ovog doba, pa šef opet pozva Veselina u svoju kancelariju.

— Zvao sam vas zbog jedne važne stvari... — poče šef i zastade, misleći šta će dalje reći. Po licu mu se moglo videti da mu ne bejaše najprijatnije ono što želi da kaže. Protrlja čelo i oči rukom, pa produži dalje: — To je upravo stvar vaša lična, ali... ja vas molim i hoću samo da vas upozorim... Uostalom, vi kako hoćete... — šef se diže pri tom sa stolice, zaćuta i pušeći hodaše tamo-amo.

Veselinu čisto stalo disanje od neke slutnje. Lice mu čas pocrveni, čas prebledi. Obuze ga čudno nestrpljenje da što pre čuje kako će šef završiti početak svoje besede. Po čelu mu izbi znoj i on ga obrisa rukom.

Šef najednom zastade i pogleda Veselina, pa zapita:

— Znate li da je sutra izbor opštinske uprave?

— Znam.

— Za koga mislite glasati?

Veselin preblede i čisto oseti kako ga noge izdaju. Ćutao je dugo, a i ne sećaše se da šef čeka na njegov odgovor.

— Vi ste još mlad čovek, a vredni ste i tačni u svojoj dužnosti, te ćete imati lepu karijeru u državnoj službi, ali samo ako budete slušali sve ono što se od vas traži...

Šef opet zastade. Veselin ne odgovaraše ništa, neka čudna slutnja mu obavi srce. Lepi snovi njegovi o budućnosti prskaše kao pena, a mesto toga mu se ukaza pred očima slika u kojoj on gledaše svoju porodicu u bedi i jadu. On je već unapred mogao proceniti na što će se svesti ovaj razgovor njegov sa svojim šefom.

Šef izvadi iz džepa jedan tabak hartije gde behu ispisana imena kandidata i pruži Veselinu s rečima:

— Za tu listu morate glasati!... Uostalom, nemojte misliti da vas ja želim prisiliti! To je vaša volja. Ja bih vam samo kao stariji savetovao da glasate za ove čestite ljude, kao i ja što ću. Nezgodno bi bilo da vi, kao mlađi, budete mimo tolike više činovnike... Sad se vi razmislite o svemu. Učinite kako hoćete... Možete glasati i za protivnike današnjeg režima, ali onda biste morali sebi pripisati sve zle posledice koje bi mogle nastupiti usled takvog vašeg postupka... Sada idite... Ja sam vam samo hteo prijateljski posavetovati... — tu šef prekide rečenicu.

Veselin je držao onaj tabak hartije u ruci i besvesno gledao imena koja su tamo ispisana. Reči šefove napraviše čitav haos u duši njegovoj...

Nastade ćutanje. S vremena na vreme zazvoni zvonce u hodniku, a potom se čuju koraci Sime poslužitelja, škrinu vrata na ovoj ili onoj kancelariji, čuju se i glasovi; vrata se opet zatvore, a Simine čizme zaluparaju, pa se tek za časak sve utiša.

Veselin nekako pozavide Simi, a i sam ne znađaše što, čisto bejaše voljan da mu ustupi svoj položaj, a on da se primi njegovog.

— Jeste li ženjeni? — prekide šef ćutanje.

— Imam već i četvoro dece — odgovori Veselin i pogleda kroz prozor na dvorište.

U dvorištu testeraš struže drva. Veselin se zagleda u testeru, koja se živo kretaše kroz drvo, iz koga vetar raznosi strugotinu od koje je zasut i pocepan kaput testerašev, što leži kraj nogara.

„Struže", pomisli Veselin, „pa ipak hrani svoju porodicu... Sigurno i on ima porodice?!..."

Prestrugani komad drveta pade na zemlju. Testeraš se ispravi malo, zatim ostavi testeru i podiže sa zemlje svoj kaput, te izvadi iz njega duvan, i baci ga opet na zemlju, malo podalje od nogara.

„Niko još nije od gladi umro", mišljaše dalje Veselin, pa opet u mislima pređe na svoju porodicu, i čisto se oseti pribraniji, jači.

Dok se Veselin bavio takvim mislima, šef mu je govorio kako treba dobro da razmisli šta će raditi, jer mu, veli, od toga zavisi budućnost.

— Tim pre — završi šef — treba da otvorite dobro oči, jer imate, kao što vidite, već i četvoro dece. To sam imao da vam kažem. Sada možete ići na posao.

„Od juče mi se počela računati plata sa povišicom... Kako se moja žena raduje... Ona je sirota već rešila da od prve povišice kupi sebi lice za haljinu... Pa i nema lepe haljine!... Kako je to raduje!... Ona i ne sluti šta bi moglo nastupiti kroz koji dan!", mislio je Veselin ulazeći u svoju kancelariju.

On po načelima svojim pripadaše političkoj stranci koja bejaše u opoziciji. Tog istog jutra bejaše u novinama pročitao poziv svima članovima stranke da u što većem broju dođu na biralište i glasaju za kandidate koji su istaknuti u listi opozicije. Pored ostaloga veli se tamo: „Na biralište moraju doći svi članovi naše stranke i glasati. Koji ne bude došao, biće kao nedostojan isključen iz stranke."

Veselin je preturao akta što behu pred njim na stolu u nameri da počne raditi.

Ali od rada ne mogaše ništa biti. Izgubio je svako strpljenje, te ne mogaše ni vrste napisati.

Čas je mislio na bedu koja bi ga snašla gubitkom službe, a čas na one reči: „biće kao nedostojan isključen iz stranke".

III

Veselin, udubljen tako u misli, naslonio se glavom na ruku, pa gleda kroz prozor u dvorište. Krupno snežno pramenje promiče pored prozora, a on se zagledao u to, pa mu nekako godi tiho padanje bez glasa, bez šuma. Onaj testeraš još struže, a sneg zatrpava i njega i nogare i drva. Već se poče suton hvatati, a Veselin i ne primeti kako mu vreme brzo prođe. Poče se naglo smrkavati. Prema prozorima Veselinove kancelarije je nekakav privatan stan, od koga se prozori osvetliše i svetlost se razasu po dvorištu odbleskujući sa snežne površine, a snežno pramenje zablista na onim mestima gde svetlost najjače prodiraše. Osvetli se i jedna strana nekakva drveta ispred prozora, te sneg na osvetljenoj strani zasija kao biser. Izgledaše da Veselina sve ovo neobično zanimaše, te je, kao nikada dotle, posmatrao svaku sitnicu, pa ipak kroz sve te utiske bejaše isprepletana misao o porodici njegovoj i časti građanskoj. On bejaše zbunjen, pa je čisto i nehotično u svemu tražio obaveštenja, i kao da ga dobijaše. Gledajući tako čas u ovo, čas u ono, osećaše se ublažen, osvežen.

„Pa glasaću, ma me otpustili...", mišljaše u sebi gledajući na one osvetljene prozore kroz koje pri tom ugleda neku žensku priliku što promače i izgubi se kao i senka što se proteže po osvetljenom delu snežne površine u dvorištu...

Njemu se odjednom učini kao da je to naročito udešeno da se on seti žene i dece, pa ga najednom obuze neka klonulost. On uzdahnu duboko. Utom uđe momak i unese lampu, pa je kao i uvek metnu na sto pred Veselina, koji se čisto trže i iznenadi, pa kao da bi hteo pogledom zapitati: „Zar ti ništa ne znaš o mojoj muci, već ravnodušno unosiš lampu kao i svako veče?..."

Čitav čas je još sedeo, a nije ključio perom da što napiše. Hteo je dva-tri puta ustati da pođe, ali osećaše neku težinu na sebi, a sem toga se strašio da ode kući. Činjaše mu se da će tek kad kući ode, porodica njegova osetiti svu težinu jada, pa čisto željaše da je što dalje od porodice svoje, samo da bi ona bila što srećnija, što zadovoljnija...

Ko zna dokle bi on ostao tako u svome razmišljanju, da ne uđe momak, te po običaju reče:

— Svi su već otišli.

— Zar već? — izgovori Veselin više za se, i ustade sa stolice.

— Uvek se u ovo doba izlazi — veli momak.

„Sutra u ovo doba će već biti sve rešeno!", pomisli Veselin izlazeći, i zažele da što pre prođe noć i ceo sutrašnji dan.

„Da li ću i kroz nekoliko dana ovuda silaziti?!", mišljaše on silazeći niz basamake, pa mu se i basamaci i hodnik i ona lampa u hodniku, što uvek stoji malo nakrenuta, i one silne objave, povešane po zidu, i Sima služitelj u velikim čizmama i onaj njegov svakodnevni glas „laku noć" — sve, ali sve što mu do juče bejaše tako poznato, blisko, s čime se već bejaše srodio, učini sada nekako nepoznato, strano, tuđe, a naročito ono Simino „laku noć", u čemu kao da razumede neki zajedljiv smeh.

Na ulici se srete sa jednim svojim poznanikom i mimoišao bi ga da ga onaj ne zaustavi.

— Što si tako pokisao? — pita ga onaj i udari ga prijateljski po ramenu rukom.

— Dobro nisam i gore! — odgovori Veselin, smešeći se nazor.

Onaj ga pozva u mehanu na čašu piva. Veselinu se to dopade, samo da što docnije stigne kući.

— Znaš li da je sutra glasanje?

— Znam — odgovori Veselin.

— Oni će propasti na izboru.

— Ko zna? — prihvati Veselin posle kraće pauze, nekako rasejan i zamišljen.

— Pa hoćeš li i ti glasati?

Veselin čisto zadrhta od ovog pitanja, te htede uteći, samo da ništa ne odgovori, ali u isto vreme osećaše sram i poniženje, te se upe iz sve snage i jedva procedi kroza zube:

— Pa hoću!

— Sutra ćemo videti mnoge što su se toliko razmetali; sve ću beležiti ko je utekao s glasanja, pa da mu posle nataknem na nos kad se opet počne hvaliti kako strada za ideju! — govoraše vatreno poznanik Veselinov.

„I ja sam već kazao da hoću!... A moja porodica?", mišljaše Veselin, pa se sav strese od takve pomisli. Osećaše se neprijatno, pa i nehotice se diže da pođe.

„Kuda ću?", mišljaše kad iziđe opet na ulicu. „Sigurno ću ženi odneti lepe glasove, kao ono pre, pa treba još da pohitam!..." Pri tim mislima zažele da se opet vrati natrag, i uspori korake. Što god bejaše bliže kući, sve je lakše išao, a kada dođe do vrata, zastade.

Iz obližnje kafanice čuje se pesma i sviranje.

„Vesele se ljudi!", pomisli on zavidljivo.

Otvori vrata kućna i, trudeći se da izgleda raspoložen, uđe unutra.

— Pa što ne dolaziš, zaboga?... Večera se već ohladila! — reče mu žena, a deca potrčaše u susret ocu i obiskoše o njega.

Veselin se u tom trenutku oseti pobeđen, a u pameti mu se stvori odluka: „Neka glasa ko nema porodice!", pa poče milovati i ljubiti decu.

— Pa šta radiš dosada? — ponovi žena svoje pitanje.

— Slučajno se nađoh s jednim drugom — veli on, a u ušima kao da mu zabubnjaše reči onoga poznanika: „videćemo sutra kako će mnoge kukavice uteći", a, sem toga, ona njegova rođena rečenica: „Pa i ja ću glasati!"

„I ja sam rekao da ću glasati!", mišljaše dalje, a preko lica mu se navuče seta, i čelo se nabra...

Deca uzeše tražiti od njega slike, a najstariji muškarčić mu zavuče ruke u džepove i stade premetati.

— Mir, deco!... Šta se ne smirite? — viknu on odjednom srdito i odgurnu dete od sebe.

Mala Vidica napući ustašca, a u očima joj zasvetleše suze. Veselin pogleda dete, pa mu se ražali, misleći u sebi: „Nisu deca kriva. Što na njih da vičem?!" Priđe detetu i poljubi ga, a druga misao kresnu mu kroz pamet: „Kako mogu glasati?! Zar se tiče dečice moja čast; njima treba hleba i ja sam kao otac dužan nabaviti. Ja sam onda trebao ostati neženjen ako hoću da se tako držim!"

„Pa i ja ću glasati!", čuje opet svoju strašnu odluku koju saopšti drugu u kafani, i oseti se slomljen, iznuren.

„Šta se koga tiče tvoja porodica! Ti moraš biti na prvom mestu čovek častan, a ako ne možeš svoju decu hraniti, to je tvoja stvar. Niko te nije bio po ušima da se ženiš, pa sada da svoj kukavičluk zaklanjaš za porodicu. Na taj način, dragi moj, svaki bi mogao naći izgovora, i onda bi lepo bilo. Kad se rešavaju više stvari, stvari od opšteg značaja za sve, onda se ne uzimaju u obzir te sitnije brige o porodici..." Takve ga misli obuzmu, pa ih opet detinji glasić, plač, ili pogled, pokolebaju.

———

Zaspala je i žena, a i deca spavaju bezbrižno. Veselin je bio budan. Leži u svojoj postelji, puši cigaru za cigarom, a, s vremena na vreme, teško uzdahne. Sve što koji čas više promicaše, obuzimaše Veselina sve jače nemir i strah. Nesređene i uzrujane misli gone jedna drugu i potiskuju. Čas jedna nadvlada, čas opet druga.

Istok se obli rumenilom, a Veselin je još budan, zanet u svoje teške misli: kuda će i na koju stranu!

———

Teško je naći se na raskršću, a ne znati puta!

Ja sam Srbin

Tek prehladilo posle jake pripeke letnjeg dana. Vetrić ćarlija, a sunce sa zapada posipa svet mekim, blagim zrakom i sve pozlaćuje, kao da se time želi izviniti što nas preko dan namuči žegom.

U to doba iziđe iz kuće Ivan Tomić i sede na klupu pod velikom lisnatom lipom u svome dvorištu. To je omalen, pun čovek sa okruglim licem, širokim mesnatim nosem i plavim, malim očima. Prema prosedoj kosi i brkovima moglo bi se reći da je preturio četrdeset godina.

Zevnu nekoliko puta glasno, protrlja lice i oči šakama, a zatim otkopča košulju na grudima i poče je rastresati, pireći sebi u nedra da se bolje rashladi. Malo postaja, pa dođe devojčica oko svojih četrnaest godina, sa punim krčagom hladne vode. To mu je kći Živka. Ona poli ocu, te se umi. Zatim on pruži gole noge, te mu izasu na njih sve ono hladne vode što preostade u krčagu od umivanja.

— Je l' se vratio Dragutin? — upita on Živku, pošto se tako osveži hladnom vodom.

— Nije nikud ni išao! Eno ga gde spava pod orahom!

Ivan se okrete, te sada tek ugleda sina gde leži na jednoj šarenici pod orahom, na nekoliko koraka daleko od njega.

Dragutin je mladić oko svojih dvadeset godina, visoka, protegljasta rasta, crnih očiju i crnpuraste masti lica: sušta protivnost ocu. Ležao je na leđima, a ruke zabacio više glave.

— E, moj sinko, ne kući se tako kuća! — izgovori Ivan više za sebe, mašući zabrinutom glavom.

Dragutin nije spavao. Leži tu već čitava dva časa udubljen u svoje čudne misli. Njegov je položaj vrlo težak i mučan. Njegovi u kući to ne mogahu razumeti, a on je osećanje svoje krio gotovo i od sebe sama. Do pre nekoliko meseci bejaše živ, veseo i razgovoran mladić, a sada ćutljiv, zamišljen, razdražljiv i lenj. Nijednu naredbu očevu ne ispuni kako treba. Roditelji su njegovi pali u brigu šta se učini od deteta, i često su tumačili takvo ponašanje kakvom bolešću, te su mu obično činili više nego inače, samo da im prvencu, prvoj roditeljskoj radosti, bude bolje, da ozdravi.

Međutim, drugi uzrok beše svemu tome.

Otprilike pre godinu dana prešao je amo u Srbiju neki Madžar sa svojom porodicom i nastanio se u istom gradu gde življaše i gazda-Ivan, otac Dragutinov. U ovom ga mestu znađahu pod imenom majstor-Imre. Čim dođe, uzme pod kiriju od Ivana jednu malenu kuću na kraju grada, gde u jednoj polovini prostranoga dvorišta bejahu i obori Ivanovi za svinje, koje Ivan hranjaše za izvoz kao marveni trgovac. Imre je tu radio kolarski zanat.

Dragutin je svakog dana morao dva-tri puta odlaziti oborima da obiđe svinje i odnese im hrane.

Odmah prvih dana susretne se Dragutin sa Anom, ćerkom majstor-Imrinom, na vratnicama dvorišta.

To je omalena, puna, i dobro razvijena devojka, bela, nežna lica, plavih, vragolastih očiju i smeđe, bujne, kovrdžaste kose.

Dragutin joj nazva boga. Ona ga pogleda vatrenim, strasnim pogledom, napući vragolasto usta, i nasmeje se, pa odgovori nešto madžarski.

„Ne zna naš jezik!", bila je prva misao Dragutinova. Tome se čudio, i pobudi se u njemu radoznalost: šta li znače one reči što mu ih reče. Probao je da ih ponovi, razmišljao je dugo i truđaše se da prema pogledu njenom i izrazu lica objasni te nepoznate reči. Slika lepe Madžarice, sa onom kovrdžavom kosom, nežnim, okruglim obrazima, a strasnim vatrenim pogledom i vragolastim smešnjem, beše pred očima Dragutinovim i kad kući dođe posle tog prvog susreta.

„Ne zna naš jezik?", čudi se on neprestano. „Šta li je ono rekla?... To ovde niko ne razume!..."

Opet njena slika pred njegovim očima i zvuk njena glasa.

„Pa lepa je!", pomisli u sebi.

Sutradan kad pođe svinjama, mišljaše hoće li je opet sresti i šta li će mu sad reći.

Opet je video u dvorištu. Opet ga ona pogleda onim vatrenim pogledom, nasmeši se, i opet mu reče nešto onim — nerazumljivim za njega — jezikom. Opet on uze ponavljati njene reči, a sad mu se učiniše već lakše za izgovor, pa čak i razumljivije.

„Čudan govor!", mišljaše Dragutin. „Kako li ga ona razume?!... Mora biti da ono baš za mene nešto veli... (Njeno lice opet bejaše pred njegovim očima.) Al' ko zna šta veli?!... Kad bih i ja umeo tako govoriti, ala bi se svi ovi naši divili!... Može biti ona me baš grdi?!... Al' što se onda smeje?..." Udubljen u takve misli vraćaše se kući.

Topao zimski dan, pa sneg odjužio. Celo mesto oživelo. Grudvaju se i po dvorištima i ulici. Vesela graja i smeh razleže se na sve strane.

U prolazu se susrete sa Dragom Nikolinom, za koju ga diraju kod kuće da će je uzeti.

Upitaše se kao i uvek i promakoše jedno mimo drugog. Dragutin poče u pameti porediti Dragu sa Madžaricom.

„Eto, otkad poznajem ovu Dragu; zajedno smo gotovo i odrasli, pa me ljudski i ne pogleda. Upita se, pa obori oči i ćuti kao da me nije nikad videla. Uozbiljila se kao neka baba: kao da nije devojka!"

U takvom poređenju uđe u mislima Dragutin a pred očima mu behu obe slike: i Dragina i Anina. Gleda čas jednu, čas drugu, poredi svaku crticu. To behu dve krajnosti: Draga visoka, suvonjava, a Ana krupna, puna. Draga ozbiljna, stroga pogleda i stidljiva izraza, a Ana strasna, otvorena pogleda i vragolasta, drska izraza lica.

„Lepša je ona, pa iako ne zna da govori kao mi!", zaključi Dragutin svoje poređenje.

„A što se smeje na mene?", opet mu se bejaše naturilo na um pitanje.

„Možda mi se podsmeva!?... E, ali kako me lepo gleda!... Sigurno sam joj se dopao, pa ne ume da mi kaže, nego mi samo onako očima veli... Koja vajda Dragi što ume da kaže kad neće ništa da kaže, pa me još i ne pogleda... A kad bi ova znala da govori srpski?!... Ili, kad bih ja znao onako kao ona, pa da govorimo, i samo bi mi razumeli!"

U takvim mislima Dragutin zažele da nauči taj nepoznat jezik kojim govori lepa Madžarica.

Posle toga bejaše prošlo čitavih tri dana i Dragutin je ne vide. Osećaše neku prazninu bez nje. Bejaše se silno zaželeo da ga opet pogleda onim zanošljivim, strasnim pogledom, da se opet nasmeši na njega i da mu opet kaže nekoliko onih nerazumljivih reči. Čisto je počeo mrzeti sve reči koje on razume, reči obične, koje uvek sluša u kući i na ulici; bejaše željan onih reči što ih lepa Madžarica izgovara.

Četvrti je dan opet video u dvorištu, ali je bio zbunjen, te je ne smede ni pogledati čestito. To ga je ljutilo, te čim se vrati kući, obuzme ga želja da ide opet svinjama. Toga dana je išao nekoliko puta.

Dani su tako prolazili, a u srcu se Dragutinovu začela silna ljubav, koja iz dana u dan bivaše sve jača i silnija.

Dragutin je lep mladić, te je i Ana njega rado gledala. Uostalom, možda lepota njegova i ne bejaše baš pravi uzrok da se ljubav prema njemu razvije u srcu Aninom. Majstor-Imre je siromašan čovek. Nevolja ga je i nagnala da napusti svoju postojbinu i da se sa porodicom vine u svet za komadom hleba. Sem Ane imađaše još dve devojčice i tri muškarca. Mati Anina je uvidela Dragutinovo osećanje prema njenoj kćeri, te je kod ove ogledala da što više ljubavi razvije prema Dragutinu, a, kao iskusna žena u tim ljubavnim poslovima, umela je poučiti Anu da Dragutina što više za se pridobije. Cela ta igra nju nije ništa stajala, i ako iz nje ne izvuče koristi, računaše da ni u kom slučaju štete ne može biti.

Ani čak ne bejaše ni potrebno davati uputstva u tom poslu. Ponašanje njeno prema Dragutinu i inače bejaše i suviše dovoljno, pa da ga odmah osvoji. I on, kao što vidimo, bejaše na juriš osvojen i pobeđen.

Na nekoliko meseci Ana je u srpskom mestu naučila ponešto natucati srpski, te je Dragutin mogao s njom po štošta i progovoriti. Ona je Dragutina opet naučila nekoliko izraza madžarskih, što on s neobičnim zadovoljstvom izgovaraše isto tako pogrešno kao i ona srpske reči.

Čudna je ljubav, nju ne dele međe narodnosti, niti joj smetaju verske razlike, ona je opšta za ceo svet, ona ima naročiti zajednički govor, kojim govore zaljubljeni sviju naroda, ona poljupcima i otkucajem srca razgovara.

I Dragutin je s Anom otpočeo razgovarati tim višim, opštim ljubavskim jezikom, kojim vladaše isto tako dobro Srbin kao i Madžarica.

Za Dragutina ne beše više ni vere! Jedini idol njegov postade Ana, i on je živeo za nju, i klanjaše idolu svome kao svetinji, kao božanstvu.

Do pre nekoliko dana ne bejaše ničega što bi sreću ljubavi njegove mutilo. Ali pre nekoliko dana dozna on kako će ga otac na jesen oženiti, a juče je to isto čuo i od majke.

I

Od juče tek on poče ozbiljno misliti na šta će se svesti ljubav njegova. Zaslepljen ljubavlju, on je čisto osećao kako će se tako večito sastajati s Anom i u ljubavi provoditi slatke časove. Njemu ničega više nije trebalo, i ni na šta drugo nije mislio. Tek od juče se na horizontu sreće njegove pojavio strašan, mračan oblak, koji mu sumnjom i čudnom slutnjom pritište dušu. Nikad on nije mogao ni pomisliti da će se doći do tako odsudnog koraka, koji moraše da učini, ili da ljubav svoju prezre. On je iz časa u čas, iz dana u dan postepeno ulazio u ljubav i sve više i više gazio ka najvećoj dubini, da i ne mišljaše nikada na povratak, ili da može naići na takvu dubinu koja će ga povući sebi i progutati.

Glas o ženidbi njegovoj otvori pred njim čitav svet novih strašnih misli, kojih se on nikad pre toga ne dotače.

———

Eto, to je uzrok njegovoj malaksalosti. Zato on ovog dana leži već čitava dva časa pod orahom, zanet čudnim mislima, zato on i cele prošle noći nije zaspao. To je dakle bolest koja ga je savladala i onesposobila za svaki rad.

— Ne kući se tako kuća, moj sinko! — ponovi Ivan još jednom tu istu rečenicu mašući jednako zabrinutom glavom.

Utom iziđe iz kuće i mati Dragutinova. I po stasu i rastu i licu odmah bi svaki poznao da mu je to mati. Jako je bio nalik na nju.

Priđe Dragutinu i, misleći da spava, uze ga buditi.

— Ajde, ustani, blago majci, da te ne zađe sunce, pa doveče spavaj!

Dragutin se okrete nasatke i promrmlja nešto za se.

— Ustani more, zar hoće mati da te ženi, a ti spavaš do ova doba?!... Ako čuje Draga, neće za tebe poći. Neće ona da ima lenjo momče — poče ga ukoravati mati mekim, nežnim glasom.

— Ej, jadna mladost tvoja!... Kad sam, sinko, bio tvojih godina, bejah lak kao jelen — veli Ivan, pa ustade i poče ljutito hodati tamo-amo.

Ove reči, „ženi", „neće Draga za tebe poći", udariše Dragutina u srce kao noževi.

„Hoće da me žene!...", mišljaše on. „Da mi uzmu Dragu?"

Dragina mu slika iziđe pred oči.

Nikada mu se u veku niko ne učini tako gadan i odvratan kao ona. On se sav strese, a u pameti mu se stvori stalna odluka: „To ne može biti, ja je ne mogu uzeti!" Pred očima mu se ukaza slika Anina, i on čisto htede raširiti ruke da je zagrli. Osećaše neodoljivu silu koja ga njoj vuče i želju da kraj nje večito bude. Ali on se bojao i da misli: kako će on večito biti s njom zajedno? A izgledaše mu to ipak mogućno, pa čak i prirodno.

„Pa hoću li se ja ženiti?", naturi mu se pitanje na um. On se uplaši toga pitanja, truđaše se da ga pretrpa drugim mislima...

„Moram se, valjda, nekad oženiti, kao i svi drugi!", kresnu mu druga misao, i on se zgrozi kad pomisli na Dragu. Nije smeo misliti ni da Anu treba da uzme za ženu, pa ipak mu pri svem tom izgledaše najverovatnije da će on, na neki čudan, čak i njemu nepoznat način, morati biti uvek s njom zajedno.

— Jesi li slab, blago majci? — upita ga mati i pomilova po crnoj, svetloj kosi.

Dragutin i nehotice duboko uzdahnu, i jeknu kao bolesnik.

— Da ti prostre majka u sobi?

— Prostri mi — jedva procedi Dragutin kroza zube.

— E, šta se učini od deteta! — veli mati kroz plač.

— Sutra ga povedi u crkvu, pa neka mu popa očita molitvu — veli Ivan zabrinut, a u sebi pomisli: „E, ne da se čoveku da je veseo! Ja mislim da ga ženim, a ono sad baš udari bolest!"

„Da idem u crkvu", misli Dragutin. „I kad bih se venčavao, morao bih ići u crkvu s Dragom?!... Ne, to ne može biti, ja je neću uzeti... A Ana ne ide u našu crkvu: ona nije naše vere!...", kresnu mu misao kroz pamet, i on sav uzdrhta...

„Pa zar se ja s njom ne bih mogao venčati?!..."

Krv mu jurnu u glavu, uši mu zazujaše, i on oseti nesvesticu. Taman se bejaše podigao da pođe, pa čisto posrnu.

Mati ga poli po glavi hladnom vodom i pomože otići do kuće.

Čudna i silna mržnja ga obuze prema Dragi. Izgledaše mu da je ona uzrok toj njegovoj nesreći.

„Da nje nije, ništa sad ovo ne bi bilo!", mišljaše ulazeći u sobu.

II

Dragutin, koji inače ne bejaše slabe volje, ipak se nije mogao odupreti silnoj strasti svoje ljubavi. On je slepo koračao stazom kojom ga ljubav i srce vodi. U duši se njegovoj razvi nesavladljiva želja da se Anom oženi, da ona njegova bude, pa ma po koju cenu kupio to zadovoljstvo. Bejaše u stanju sve učiniti, sve baciti pod noge i dospeti toj celji.

————

Jednog dana puče glas po gradu kako je Ivanov sin Dragutin odbegao sa majstor-Imrinom ćerkom.

To je bio neobičan događaj za sve meštane, te se toga dana gotovo ništa drugo nije govorilo, do o tome. Svi su se upropastili od čuda: Srbin, pa da uzme Madžaricu, drugu veru! Niko čak ne mogaše ni shvatiti tako strašan postupak Dragutinov, koji „za ljubav belosvetske devojčure koja ni u crkvu ne ide, a ni srpski ne zna" ostavi oca i kuću svoju, napusti svoje mesto i poturi svu rodbinu i prijatelje. Mnogi su tumačili da su mu „madžarske veštice" naturile čini, te ga omađijale, a pamet mu zavrtile.

„Mora da je pameću skrenuo", bejaše gotovo opšte mišljenje javnog mnjenja.

Stari Ivan bejaše toga dana kao besan. Odjurio je majstor-Imru i pretio mu da će ga ubiti ako ne kaže kud mu je kći odvela Dragutina.

Imra i njegova žena su se kleli da i sami ne znaju, čak su kukali i oni što se tako desilo.

Ivan je u jarosti ošamario Imrinu ženu, potukao se sa Imrom i izjurio ga iz svoga dućana.

Ivan je vikao i pretio, Madžar tako isto. Silan se svet slegao, pa gleda nečuven prizor, kakav se nikada nije tu gledao, niti će se ikada više gledati, kao što mišljahu sugrađani Ivanovi.

Tako u graji i larmi prođe Ivanu dan. Kad pade noć i usami se sa svojom ženom u kući, oseti svu težinu svoga položaja kao bedna i nesrećna oca. Osećaše se kao zakopan i potpuno sahranjen. Više nego sahranjen. Ta on je jedino i živeo za svoga prvenca, jedino svoje muško čedo, a sada, kada pomišljaše na najsretniji dan, na dan kada će dočekati prvo roditeljsko veselje: eto šta se dogodilo! Onda, kada mišljaše da proširi porodicu svoju i da stekne dobre prijatelje, kojima će otići i koji će mu doći, on, eto izgubi i sina, izgubi sve nade svoje. Više je to nego umreti, nego biti sahranjen. Slobodno je on smeo misliti o smrti svojoj kad zna da kuća njegova ostaje da živi, kada se ognjište njegovo neće ugasiti, kad ima ko primiti slavu njegovu i pomenuti mu za dušu, preliti grob vinom i sveću mu zapaliti. Takva smrt ne bi bila strašna za njega, on je i ne osećaše, jer u sinu svome, koji ostaje u domu njegovu da slavi slavu i kolač seče, da mu ime pominje i prezime čuva, a grob nagleda, jeste, u njemu bi on gledao produženje života svoga. Ali čemu se sada nadaše. Ženska deca će se razudati i kućiti tuđe kuće, a ognjište njegovo biće pusto... Umrla je kuća njegova! On ne osećaše više da ima života, ne razumevaše zašto da živi...

Strašne su misli bile u koje Ivan pade. Poraziše ga, dakle, toliko da se on osećaše gore nego da je umro, sahranjen.

Sedi kraj ognjišta. Glava mu klonula na grudi. Lice mu kao u mrtvaca, nepomično, bledo. Ne miče nijednim delom tela: izgleda kao kamena statua. Prema njemu sedi mu žena. Čitava dva časa kako se ne miču, kao dva kamena. Vatra na ognjištu dogoreva, a oni je ne podstiču.

Noć je dosta hladna, ali vedra. Mesec prosipa blede zrake kroz prozor kućni i ozarava ova dva skamenjena života u istom času kad istim zrakom posipa i Dragutina u strasnom, vatrenom zagrljaju mlade Madžarice.

———

Na tri dana posle ovoga događaja, odseli se i majstor-Imre sa svojom porodicom.

III

Dragutin je s Anom prešao u Sentomaš. U njegovoj duši bejaše jasno samo osećanje silne ljubavi prema Ani, a to osećanje zasenjavaše sve drugo. Osećaše se kao u nekom lepom čarobnom snu, kao da je junak onih fantastičnih priča što ih je detetom još slušao od majke u duge zimske noći ležeći u postelji.

Majka mu priča, a mašta njegova stvara još jače i razrađuje čudne bajke o zmaju i carevoj kćeri, u čemu mu zvrjanje materinog vretena, puckaranje drva u peći i hrkanje njegove sestrice čisto pomagaše da sebe bolje zamisli u ulozi kakvog siromašnog čobanina, koji se bori, negde u nekom čudnom, nadzemaljskom predelu, sa silnim zmajem da otme carevu kćer... Umorne detinje očice se sklapaju, a mašta ga dalje i dalje vodi kroz čarobni svet i bašte u kojima raste drveće sa dijamantskim plodovima, gde nalazi devojku i — postaje carev zet. Majčino vreteno i dalje zvrji, drva u peći zanosno puckaraju, a preko njegovog svežeg detinjeg lica prevukao se osmeh sreće i blaženstva. On već spava i sneva srećne snove, snove koji su samo mladosti dani.

Tako ga otprilike i sada sreća ljubavi uspavala, te sanjaše pun blaženstva i onda kada se u katoličkoj crkvi venčavaše sa Anom.

U tom trenutku, u tom snu pred bleskom buduće sreće i pomisli da će Ana biti njegova, čudnovato je da se, s vremena na vreme, pojavljivahu konture tamne i nejasne njegovih roditelja, male crkvice u selu njegovu; učini mu se da kao kadšto čuje zvuk zvona, popin glas u crkvici, ugleda Dragu kako se pomalja iza oltara i preti mu prstom, a roditelji plaču i gledaju ga prekorno, čudno, prezrivo. On se čisto čudi šta sve to znači, to ga za čas uznemiri, ali te tamne slike iščeznu, sreća opet zablista, a srce s nestrpljenjem zakuca, pa se one tužne slike pojave pred očima i čisto čuje i glas roditelja koji ga ozbiljno i hladno pitaju: „Šta činiš to, ti si grešan?" Pa onda vidi silan svet što se skuplja oko one malene crkvice u selu, pa ga svi glede nekako prezrivo hladno, pa opet plačan, tužan lik Dragin... i... i... Ali, zaboga, to je san samo... Tako se njemu činjaše.

Venčao se, dakle, sa Anom u katoličkoj crkvi.

———

Živeo je tu zajedno u jednom stanu sa majstor-Imrom i celom njegovom porodicom.

Majstor-Imra je radio i dalje svoj kolarski zanat u istom dućanu u kome bejaše i pre selenja svoga u Srbiju. Stare drugove i poznanike svoje, koje bejaše ostavio, zateče opet, a zarada mu ne bejaše manja nego u Srbiji, te se i on i žena njegova osećahu zadovoljniji, a tako isto i Ana. Sem toga, imađahu zeta kome predstoji veliko nasleđe bogata oca, te to činjaše da su spokojnije i čarobnije gledali na budućnost. Na račun toga nasleđa Imra se poče i zaduživati da bi što bolje ugodio Dragutinu, i da ga što jače priveže za se i svoju porodicu.

Dragutin je uz Anu srećno proveo prve mesece svoga bračnog života. Njemu se dopade nov način života, nova okolina i društvo u koje pade. Možda samo zato što mu ljubav naspram Ane, uz koju bejaše, činjaše sve lepim i čarobnim. On brzo nauči mađarski govor, pa mu i to laskaše i cenjaše sebe mnogo više. Poneki put bi se setio svojih roditelja, svoga mesta i staroga društva, pa mu se lice za čas prevuče setom i misao utone u prošlost. To bi bivalo kad se usami. Ali pojava Anina, njen osmeh i strastan zagrljaj razagnali bi odmah i najmanji oblačak tuge sa čela njegova. Mesto sete i zamišljenosti lice mu zasija srećom, a dušu obuzme vrela ljubavna strast. Čas mu opet sav taj njihov novi život izgledaše kao lep, čaroban san u kome je slatko sanjao i činjaše mu se da u njegovoj vlasti stoji da se razbudi kad god hoće, a čim se razbudi, da će biti sve kao što je i bilo. Otprilike eto tako on mišljaše, a nikad ne mišljaše dublje o svemu što radi.

Brzo mu proteče čitava godina dana takvog života. Tako brzo, da je on gotovo i ne oseti. Sve mu se činjaše kao da je pre nekoliko dana ostavio kuću i da će je danas-sutra opet videti; da će se opet naći u svojoj postojbini, u svome društvu s kojim je odrastao.

———

Kad se ispuni godina i nešto malo više po njegovu dolasku u Sentomaš Ana mu rodi sina.

Sedeo je sam u jednoj sobi odmah do sobe u kojoj je ležala porodilja. Obe sobe vezuju vrata, koja ovoga puta behu otvorena.

Kod porodilje se iskupilo nekoliko žena susedskih i razgovor se vodi madžarskim govorom. Kroz žagor razgovora ovih žena čuje se slabačak tanak glasić detinjeg plača.

„I ja sam postao otac! To je moje dete... moje!... Hm!...", mišljaše Dragutin, i izgledaše mu neverica.

„Pa zar ću ja tu osnivati svoju porodicu?... Zar ovde, u ovom tuđem svetu?!" I to mu sve izgledaše neverica, san, pa ipak mu tuga pritište dušu.

Odjednom ču reči svoga tasta i tašte. Oni madžarskim govorom tepole detetu, unučetu svome.

„A moj otac, a moja majka?!", pomisli Dragutin. „Zar to nije njihovo unuče, njihova radost?..."

„Nije!", kao da mu zazvoni u ušima glas njegovih roditelja. On se seti njih, kuće svoje, svoje sestrice, i suze mu se počeše kotrljati niz obraze.

„Pa zar ja nisam više njihov?!... Gde su sada oni, da li me još vole?... Hoću li ih ikada videti..."

„Nikada!", opet mu neki strašan glas odgovaraše, a srce se njegovo steže od bola...

Sećao se i Drage. Seti se i onog dana kad mu je popa čitao molitvu, pa sav uzdrhta kad mu pri tom dođe na um strašna misao: „Ja sada više ne idem u crkvu, ja sam sada druge vere!... I moje dete je druge vere?!..." Opet se ču iz sobe plač detinji, opet mu dopre do ušiju madžarski razgovor.

On leže na krevet i pokri lice rukama. Htede zapušiti uši da ništa više ne čuje. Želeo je da sve, ali sve zaboravi, da se ničega više ne seća. Ali, uprkos toj njegovoj želji, sećanje kao da postajaše sve jače, sve življe, a čitavi rojevi strašnih misli počeše mu kružiti kroz glavu.

U času kao da zažele napustiti i Anu i dete, koje mu čak bejaše nekako odvratno, pa da beži daleko, daleko: da beži natrag roditeljima, da ih izljubi, da plače pred njima, da moli za oproštaj. Ali pri toj pomisli kao da se stvore pred njime roditelji, pa ga gledaju hladno, prezrivo, i on čuje njihove strašne reči: „Odlazi, ti si veru pogazio, ti si obrukao oca i mater, ti si prigrlio Madžare mesto braće svoje, ti si slavu napustio, ti se ne moliš našem Bogu uz našu ikonu. Mi smo sina izgubili! Odlazi, ti nisi naš!..."

Ova ga misao porazi. Natrag, dakle, nije mogao. Pokajničke suze su oblivale njegove obraze.

Odjednom, kao da htede poreći sve to. Pokuša da se opravda, da ne veruje u tu strašnu istinu.

„Sve je laž!... Ja ću prihvatiti slavu očevu... Ja ću se moliti Bogu uz ikonu sv. Arhanđela, ja ću ipak proslavljati krsno ime i mesiti kolač slavski u domu oca moga... To mora biti, ja to hoću... Sve ovo nije istina..."

Utom mu se učini kao da čuje onaj mili glas materin, kojim mu pevaše pesme kad ga je još detetom uspavljivala. Udubi se sav u tu divnu melodiju. Nije varka, baš kao da lepo čuje reči one omiljene pesme majčine:

Dvoje su se zamilili mladi
U proleće kad im cveta cveće,
Kad im cveta zumbul i karanfil
Omer momče, Mejrima devojče!

On sluša tu pesmu, sluša glas majčin, mek, blag, mio, oseća čisto dah duše njene i njenu meku ruku kako ga miluje po vrelom čelu i kao da očekivaše ono majčino pitanje, puno nežne brige: „Boli li te glava, čedo moje?"

Odjednom mu tek opet dopreše do ušiju madžarske reči i glasić detinji. Opet se zbrisa svaka nada. Java je to, koja mu ne da budnom sanjati. Opet klonu i očajnički kroz plač prošaputa:

— Nema pomoći! Natrag nemam kuda!

———

Dragutin se naglo poče svestiti otkad ocem postade, ali, nažalost, uviđaše da sve te strašne grehe nije lako popraviti. Poče ga sve jače i jače tištati tuga za starim drugovima, za roditeljima, za mestom rođenja, gde ga je prvo sunce ogrejalo. Svakim danom postajaše sve zamišljeniji i tužniji.

Dosta dugo trajaše u duši njegovoj to doba razočaranja i tuge. Iako osećaše u sebi silnu ljubav prema svemu što je srpsko, ipak izbegavaše Srbe. Nekako ga bejaše stid, bojao se da se nađe u njihovu društvu. U kući je i dalje govorio madžarskim jezikom, a družio se više sa Madžarima.

Iz dana u dan trajaše sve to tako, i on kao da se poče navikavati na sve. Dete je raslo, i on ga je voleo, ljubio i tepao mu kao otac čedu svome.

Tako prođe još jedna godina, i dete već počelo izgovarati prve reči i praviti prve korake. Mati ga učaše govoriti svojim jezikom, a njemu kao da sve to ne bejaše mnogo neobično.

Na šta se još čovek može naviknuti.

———

Utom nekako dobi izvešće da su mu roditelji pomrli i da je on oglašen za naslednika očeva imanja i gotovine.

IV

Žalio je iskreno i duboko, pa malo-pomalo opet poče tuga prestajati. Vreme zagladi sve. Živi ostaju, život ih goni napred, otvara večito nove nade i nove poglede, koje tako brzo naplete na stare jade, te oni zarastu, pretrpaju se, a pred očima zatrepere nove slike, nova sreća za kojom jurimo, živimo i nadamo se. Takav je život!...

Tako je bilo i sa Dragutinom.

On postade odjednom bogat čovek. Poče živeti bogato, zadovoljno. Novi krugovi poznanstva otvoriše se. On je priman u prve kuće u svome mestu i okolini. Počeo je živeti višim životom, kao što živi ostala bogaština tamošnja, i taj mu se život dopade, omili mu se. Ili, tačnije da kažem, bar tako izgledaše.

———

Dani promiču. Za prvim detetom rodi se i drugo. Deca rastu i napreduju. Ana je zadovoljna, zadovoljni i roditelji njeni. Deca brige nikada i nemaju, ali Dragutinu, i pored sveg lepog i ugodnog života, padne pokadšto tuga na srce, a misao bludi po mestu njegova rođenja.

— Šta si se zamislio? — upitala bi ga Ana madžarski.

— Teško mi nešto; boli me glava — odgovorio bi on srpskim jezikom i nehotice, a to bi se uvek dešavalo kad misli na svoje rodno mesto.

Sinčić bi se njegov tada zagledao u oca, zainteresuju ga nerazumljive reči, pa se trudi da ih odmah ponovi, isto onako kao nekad Dragutin one Anine reči.

U takvom slučaju Dragutin se seti svoje matere, svoga oca, svoga detinjstva, pa mu se tuga još jače svije na dušu; uzdah mu se otme iz grudi i on poljubi dete, pa odmah iziđe iz kuće i traži društva da se razgali.

I razgali se. Čudna je duša čovekova.

V

Ipak se priroda ne da tako lako ugušiti. U poslednje vreme poče želeti društva srpskog, srpskog govora, i združi se sa nekim Markom, koji bejaše neobično pošten čovek i veliki Srbin, pun rodoljubnog žara srpskog.

S njim se u kafani sastajao, a počeo mu je i kući odlaziti.

Markova kuća bejaše čisto srpska kuća, u kojoj vladahu isti običaji i gotovo isti način života kao i u kući oca Dragutinova.

Deca Markova su vaspitana u čistom srpskom duhu, a žena njegova opominjaše mnogo Dragutina na mater njegovu.

Dragutina obuze stid, sram, a u kući Markovoj osećaše se kao grešnik u svetom hramu. Činjaše mu se kao da će on omalovažiti svojim prisustvom svetinju toga srpskog doma.

Žena Markova niška u kolevci najmlađeg, jednogodišnjeg sinčića i pevuši mu tiho pesmicu:

Seja brata na večeru zvala:
Ajde, brale, da povečeramo...

Dragutin se živo sećaše svoga detinjstva, svojih roditelja. Sećao se sviju svojih drugova iz detinjstva, pa igara koje je tada igrao. I najmanja sitnica ožive u sećanju njegovu. Pred očima mu bejaše svaki kutić roditeljskoga doma, svaka stvarčica; pa zatim dvorište, pa ostale zgrade, pa susedske kuće, pa svaka staza i stazica — cela okolina, pa reka u kojoj se kupao s drugovima, pa one šale, pa šuma u kojoj je toliko puta tražio ptice, pa i jedno krivo drvo koje je s drugovima jahao, pa dalje redom poljane u kojima se grudvao s drugovima i igrao „Srba i Turaka". Učini mu se kao da ga sve to opkoljava, a on disaše i osećaše onako kako je osećao u kući očevoj.

„A moja deca?", pomisli Dragutin ispunjen tugom, pa uzdahnu.

Utom Marko zovnu najstarijeg muškarčića i reče mu da izgovori „pred ovim čikom" onu pesmu što je naučio od oca.

Dete započe čistim srpskim govorom i pravilnim naglaskom pesmu:

Care Lazo sede za večeru,
Pokraj njega carica Milica...

Dragutin čisto ne disaše od silne pažnje.

Dođoše na red stihovi:

Idi sestro na bijelu kulu.
A ja ti se ne bih povratio,
Ni iz ruke krstaš barjak dao
Da mi care pokloni Kruševac.

Da mi reče družina ostala:
Gle, strašljivca Boška Jugovića!
On ne smede na Kosovo poći,
Za krst časni krvcu proljevati
I za vjeru s braćom umrijeti!

Ove poslednje reči udariše kao otrovne strele u srce Dragutinovo. Čelo mu se nabralo, a hladni ga znoj probio, u grudima mu se steglo, te jedva disaše i kao da ču strašne prekore sviju poznanika svojih: „A ti si veru napustio".

Uši su mu zujale. Zgrozi se na sebe samoga, i dalje ništa nije čuo.

Bio je pobeđen. I sam zna kako je izišao iz kuće Markove.

Kad je naišao na vrata svoje kuće, ču dečje glasiće. Otvori vrata i uđe unutra, a deca mu potrčaše na susret pitajući ga madžarski šta im je doneo.

Dragutin samo što se ne zaplaka. Nikad mu ne bejaše tako teško kad čuje svoju decu da madžarski govore.

Od toga doba počeo je učiti svoju decu pomalo srpskom jeziku.

———

Na nekoliko dana posle toga, kad bejaše u kući Markovoj, padaše i srpski Božić.

Dragutin se na Badnji dan probudio mnogo ranije nego obično što se buđaše.

I Ana i deca spavahu dubokim snom. Dragutin je ležao u postelji i gledaše kroz prozor. Mesečina kao dan. Sneg se beli po krovovima, a na nebu trepere zvezde. U sobi dosta vidno. Mesečevi zraci padaju kroz prozore i odbijaju se na jednome delu zida sobnjeg, a jasno odbleskuju sa politiranog ormana što stoji bliže prozoru.

„Danas je Badnji dan, i moja se deca tome ne raduju!", mišljaše Dragutin.

Sad se stade sećati svoga detinjstva. Budio se on tako isto rano toga dana. Učini mu se kao da je baš uvek bivala tako lepa mesečina. On u toploj postelji leži budan sa sestricom, a kroz vrata što vode za kujnu prodire svetlost upaljene sveće. Iz kujne se čuje očev i majčin razgovor, čuje se kako lupaju naćve. To mati mesi kolače. U mislima je išao dalje. Sećaše se svega šta je toga dana rađeno, i sviju običaja i one silne radosti njegove. Unošenje badnjaka, pa posipanje oca žitom iz protaka, pa unošenje slame, pa pijukanja za majkom.

Uveče posedaju za sto, pa se jede meda, kolača, suvih šljiva, oraha, i čega još ne. Legne da spava i misli na Božić, zamišlja kako će toga i toga polaziti, kako će ići s ocem u crkvu. I na Božić se dizaše pre zore. Zvona zazvone u crkvi, a on s ocem već izlazi iz kuće i hita crkvi. Obukao nove haljine, otac mu metnuo „paru" u džep. Tek se razvideva. Ljudi, žene, deca promiču jedno pored drugog kao senke i hitaju svi crkvi. Svrši se služba, i onda svaki hita kući. Kod kuće polažajnik, on ga vara da mu izmakne stolicu kad sedne. Pa tek o ručku pečenica, pa česnica i u njoj traži novac ili grančicu drena — „zdravlje"...

E to su bile njegove radosti.

Utom dete prokenjka i zatraži vode madžarskim govorom.

Dragutin uzdahnu teško, gotovo više jeknu.

„Moram ići s decom o Božiću do Marka!... E... ali to im malo vredi kad im je majka Madžarica..."

— Što ječiš? — upita ga žena madžarski.

— Ostavi me na miru! — viknu on srpski ljutito.

VI

Uskoro nastade strašna četrdeset osma godina. Tada se Srbi u Sentomašu pokazaše da su dostojni potomci kosovskih vitezova, da ih je srpska majka srpskim mlekom zadojila i junačkim opasala pasom. Izgiboše mnogi da večno žive, na ponos roda svoga.

Dragutin ni sam ne znađaše kuda će i na koju stranu. Niti mogaše protiv Srba, niti protiv Madžara i porodice svoje, a naročito tazbine svoje.

Bejaše hladan, mračan dan duboke jeseni.

Jedna rulja madžarskih osvetnika jurnu u kuću njegovu preteći da će sve pod mač staviti što se Madžarom ne zove.

— Stoj! Ovo je madžarska kuća — viknu Ana madžarski, i rulja zastade.

Nastade za časak tajac.

Dragutin preblede i zadrhti. Pogleda Madžare, i na jednom poznade bundu Markovu.

„On je ubijen!", senu mu misao kroz glavu, pa mu tek odjednom dođoše na um oni stihovi što ih njegov muškarčić izgovaraše:

On ne smede na Kosovo poći,
Za krst časni krvcu proljevati
I za vjeru s braćom umrijeti!

Krv mu uzavre, a oči zasijaše ponosom narodnim.

„I ja ću s Markom za veru umreti", opet pomisli, a zatim mu hiljadama misli u trenutku prokružiše kroz glavu.

— Idite, ovo je madžarska kuća! — ponovi opet Ana madžarski.

Deca upitaše majku takođe madžarskim jezikom:

— Koga traže ovi ljudi?

Dragutin se uspravi pun ponosa i dostojanstva. Pogleda Madžare prezrivo i izgovori čistim, jasnim glasom srpski:

— Udrite, ja sam Srbin!

Puške pripucaše...

———

Odoše Madžari. Dragutin je ležao mrtav u krvi svojoj, a sa bledog lica mrtvog kao da odsjajuje narodni sveti ponos i blaženstvo za rod umreti.

Sa mrtvih bledomodrih usana kao da se čitaju ponosne, uporne i uzvišene reči: „Ja sam Srbin!"

Pevačev Uskrs

On je u ovome mestu gde sada živi tek od pre tri meseca. Nikome nije pričao otkuda je došao, a bez sumnje ga niko za poreklo nije ni pitao. Uostalom, ko će ga i pitati? On lepo peva i udara u tamburu, a to je glavno. Veselo društvo se iskupi i zove Peru. Tambura zazveči, a on zapeva, recimo: *Od sevdaha goreg jada nema, al' sevdah se sa sevdahom vida*, ili ma šta tako, i kome bi onda kraj vina i takve pesme palo na um da pripita Peru odakle je i što je amo došao.

Ne verujem da bi i tebi, čitaoče, stalo bilo do njegova porekla, pa čak i do ove moje priče, samo kad bi čuo zvuk njegove tambure i onaj njegov i sladak i silan glas. Ta kad on zapeva koju pesmu što u srce dira, zaboraviš i sam ko si i šta si, već se sav predaš zvucima, koji te opijaju, čas slatkom tugom i čežnjom, čas bujnom veselošću, te se duša, ustreptala, opijena od takva osećanja, predaje valima zvuka na milost i nemilost da je nose sobom kuda hoće.

E, ali kad njega nema da zapeva, onda možete dopustiti da bar ja o njemu pričam.

Nije on slučajno došao u ovo mesto, gde ga niko nije poznavao. To je tako moralo biti. Pera je sin dosta imućnih roditelja, bez kojih ostade još u osamnaestoj svojoj godini. Kad je postao punoletan, oženi se, primi nasleđe i otpočne trgovati. On mlad, naivan, nevešt, dobra srca i poverljiv prema svakom, a društvo rđavo, te zloupotrebi te njegove dobre strane, i onda nije nikakvo čudo što mu se, kad je uzeo tridesetu godinu, prodalo sve za dug, a on ostao siromašak sa ženom i četvoro sitne dece. Prijatelji i poznanici ga napustiše i on bejaše ostavljen sebi samom.

Zanata nikakva nije znao, a porodicu je trebalo hraniti. Jedino što je mogao i umeo, to je da vešto udara u tamburu i lepo peva. Nedaće života upletoše jad i tugu u njegov, inače vedar i veseo duh, a baš ta tuga, čista i iskrena, davaše neobične draži glasu njegovu.

———

I on ostavi mesto svoga rođenja i pođe u svet, da tugom svojom ljude veseli. Nekoliko godina već živi od te gorke zarade, idući tako po mestima gde ga niko ne poznaje.

Pa ipak je hrabro snosio svoju tešku sudbu; pevajući drugima, predavao se i sam pesmi svom dušom, te za čas zaboravi sve jade. Živ čovek se na sve navikne, pa i on je navikao da s malo bude zadovoljan, a zarađivao je to malo, koliko mu je za život potrebno. Kad on ne bi mogao zaraditi, žena je njegova šila rublje bogatijima, te zaradila ona.

Ali pre mesec dana razboli mu se žena. Onomad se tek ona predigla, a zanemože dete. Imao je čak nešto malo ušteđena novca, i to sve ode za lekove pri ženinoj bolesti. Već je nekoliko dana kako nije mogao ništa zaraditi. Jedino još što je hleb od pekara dobivao na veru.

Osvanula Velika subota, a on cele noći nije trenuo. Bila je budna i žena, ali su progovorili jedva nekoliko reči. Sedeli su u mraku, uz postelju bolesna deteta, koje je stenjalo, ječalo i pokatkad mljackalo usnama.

Istok već podbeljuje, a u sobi se počeše nazirati nejasne konture predmeta. I oni tako nazreše u polutami jedno drugo, i zadrhta svako od svojih crnih slutnja i misli. Napolju sipi tiha, proletnja kiša; petlovi lupom krila i kukurekanjem objavljuju zoru. Na ulici se već poče razlegati žagor i blejanje jaganjaca što ih seljaci dogone na prodaju. Prozori susednog stana osvetljeni i kroz namaknute zavese vide se senke: čas promakne ruka, čas glava, čas ceo trup. Sve ovo kao da Peri nagoveštavaše neku nesreću, kao da mu potvrđivaše bedno i mučno stanje njegovo. Tako mu se činilo.

Blejanje jaganjaca postajaše sve jače, a žagor i vreva na ulici sve veća i veća.

„Kupuju jagnjad. Danas će svaki kupiti jagnje!", pomisli u sebi i misli ga odvedoše u prošlost, u dom roditeljski.

On je ležao u postelji u to doba i gledao kroz otvorena vrata u kujnu, gde majka prema sveći mesi kolače. Kao da je gledao njezino blago, punačko lice, zabrađeno morastom šamijom; pred očima mu je bio svaki njen pokret. Vrata se spolja otvore, a ulazi otac i priča kako je dobro jagnje kupio, a on skoči s postelje i žurno se oblači, i istrči napolje da miluje jagu i da odbira iz velike korpe najlepša i najjača jaja za tucanje.

Bolesno dete jeknu i poče mljeckati usnama, a žena nekako tupo i očajnički uzdahnu. Peru to trže iz snova i na dušu mu pade težak teret. Oseti da je sad otac i da on treba svojoj deci da pripremi radosti koje on detetom uživaše.

Železnički voz pisnu na stanici, koja je tu u blizini, a zatim se ču ono monotono hučanje i kloparanje. Pera čisto zažele da nekud bega daleko, daleko — možda u prošlost svoju.

Dete opet jeknu i poče kroz plač buncati:

— Majko, Milan uzeo moje šareno jaje!...

— Ćuti, blago majci; majka će tebi drugo dati — reče žena da bi umirila dete. Poljubi ga, a suze pokapaše vrelo detinje čelo.

— Bedno siroče moje! — prošaputa Pera, i u tom trenutku se opet seti svoga detinjstva i svojih radosti tih dana, svojih roditelja: seti se kako je i sam pripremao za taj dan dok je imućan bio, i na dušu mu pade takva težina kao nikad dotle. Jedva je disao, čelom mu izbio znoj, usta zasušila; nešto ga pod grlom davi, grudi prazne, a niz obraze se skotrlja nekoliko suza.

Iz susednog stana čuje se luparanje i škripanje vrata, zatim odmereno lupanje kao da se razmesuje testo, pa onda zveka tepsija...

Bolesno dete opet poče plakati. Počeše se buditi i ostala deca.

— Danas se mora naći novac — ciknu žena kroz plač, ljutita, a i sama ne bi znala reći na koga.

I Peri se zaista učini kako se može naći, samo ako se potrudi. Ljutio se na sebe što već nije otišao nekud, nego „dangubi tu skrštenih ruku".

Pođe od kuće gotovo s čvrstim uverenjem da će moći mnogo učiniti.

Išao je ulicama, a i sam ne zna kuda, pa ipak na duši kao da osećaše lakše, „jer se trudi” ne bi li namerio kakvu priliku, a da ga pitate kakvu priliku to misli, to vam ni sam ne bi umeo reći.

Na sve strane, kuda god se okrenete, vidite žurbu i pripremu za sutrašnji veliki praznik. Ponegde već sve spremno, samo još kakva žena, povezana šamijom, briše prozore; negde stvari iznete u dvorište, a soba još onomad okrečena, pa sad peru patos; ovde, opet, iz kuće čujete kako lupa tučak u metalnoj stupici — to se tuca šećer ili orasi; onde, opet, osetite miris pržene kafe; preko puta u drugoj kući vidite kako se vrata otvore i iziđe dečko s tepsijom kolača, a za njim se pomoli domaćica sa zasukanim laktovima i izgovori: „Neka ne pregori kao ono prve!” U nekom dvorištu, opet, vidite kako se iskupila deca, pa gledaju kako se dere jagnje. Svuda se oseća miris varzila i čisto gledate kako se deca okupila oko majke, pa gledaju kako ona šara jaja ćezapom i već se za svako pogađaju čije će biti.

Na ulici je tek pravi metež. Na sve strane bleje jaganjci. Oko svakog stada okupljeno po dvadeset-trideset kupaca. Tu se viče, cenka, alali, teslimi. Kud se okrenete, sretnete nekoga što nosi jagnje na leđima ili u naručju, neki burence s vinom, neki korpu punu stvari, šegrti pronose nove cipele i odelo. Trgovine pune: jedni ulaze drugi izlaze, a svaki nosi pod pazuhom kakvu prinovljenu stvar, zavijenu u hartiju, i žuri kući da proba kako će mu stajati. Ljudi koji su svršili posla sede pred kafanama, srču kafu i razgovaraju kakvo je ko jagnje kupio i kakvo je vino nabavio; udešavaju unapred raspored provođenja, a s lica im čitate neku neobičnu sreću i zadovoljstvo.

Kud god pogledate, sve je drugačije. Pa i u kafanama nastala neka promena. I tu se brišu prozori, pere patos, iznose stolovi, te gosti sede napolju, ili u kakvoj sobi koja je ranije oprana. I niko se ne ljuti; svaki još u ovim promenama nalazi neku neobičnu draž. Čak i ’ča-Todor, stari bakalin, koga inače uvek vidite pred dućanom gde pognut i namršten ćuti i pretura brojanice u rukama, ostavio da mlađi prodaju u dućanu, a on, preko običaja, seo pred kafanu, poručio kafu i, što je najčudnovatije, otpočeo pričati neke svoje obešenjakluke iz mladosti, a svaki koji ga poznaje radnih dana mislio bi da je taj zaboravio i da govori, a kamoli da se našali. E, ali ovakvi dani preobraze čoveka.

A baš ovakvi dani, kad je sve veselo, teže padaju onome kome se u duši jadi svili, kao sirotom Peri.

On je neprestano vrljao ulicama. Gledao je sve oko sebe kao po kakvoj dužnosti, a ta ga je opšta radost sve više žalostila i upravo vređala, mučila. Jedared se umešao i tamo gde kupuju jagnjad, pa gledao kako drugi kupuju. Tu mu pade na um kako ga je dete pitalo: „Kad ćemo mi da kupimo malu jagu?", i oseti kako mu lopta stade pod grlom, a na oči mu se suze same otimaju, učini mu se kao da svi u njega gledaju, znaju da nema novaca, a da je nekad bio imućan, bogat čovek, pa mu se smeju, i stid ga obuze. Čitavih nekoliko minuta stajao je tako oborene glave, ne smejući nigde pogledati, a potom se kradom izmače iz gomile i čisto odahnu dušom.

S vremena na vreme opet sreo bi ga neko pa ga sav srećan zapita:

— Hoćemo li sutra jednu da viknemo?...

— Kako sam ostao bez para, ja bih i sad, samo da dobijem koji groš! — odgovorio je Pera nekim promuklim, tupim glasom.

— Ha, ha, ha!... Šta veliš, danas bi još... ha, ha, ha!... E, Pero, Pero... ha, ha, ha!... šta veli, danas bi još! — izgovarao je taj zadovoljno (produživ dalje svoju šetnju) kroz smeh, kojim se naročito smeju ljudi koji se reše da u izvesnim prilikama budu veseli i bezbrižni, pa se smeju svemu. On na svaki način nije razumeo Perine reči.

Tako je Pera proveo ceo dan. Kući nije smeo ići, jer mu se sve činilo da će propustiti kakvu dobru priliku koja bi mu pomogla da se spase tog teškog položaja.

I poče se spuštati veče. Ljudi se žure kući, žagor dnevni se stišava. Kroz sumrak se vidi još kako izmiču zadocneli seljaci. Jedni teraju zaostale ovce, s kojima jagnjad doteraše, a poneki opet na konju prokaska, noseći pune bisage stvari, hitajući radosno kući. Čuje se bat konjskih kopita i tužno blejanje ovaca koje ostadoše bez svojih sisanaca, te ih blejanjem traže.

„Kako i ovca tuži za svojim porodom!", pomisli Pera i seti se svoga bolesnog deteta, pa mu se srce steže od bola, a u očima se zavrteše suze. „I što tražim ja, šta mi treba? Neka Bog dâ da samo dete ostane živo. Zar mi je do provoda, a ono gotovo na smrti? Eto, kako i ovca čak žali za svojim 'detetom'", mišljaše dalje, i odjednom se okrete, te gotovo trčeći pođe kući.

„Možda je dete umrlo!", kresnu mu misao kroz glavu, i on pred očima gledaše svoje bledo mrtvo dete, ženu gde se gruva u grudi i čupa raspletene kose, a ostalu decu, ritavu i gladnu, uplakanu, gde se šćućurila u uglu sobe, a soba mračna, samo se jedva naziru predmeti prema mesečevu odsjaju. Pri toj pomisli zastade, oseti kao da ga neko udari nožem u srce. Malaksa, klonu, noge mu klecnuše, grlo se zapeklo, čelo hladno, neka ga jeza prođe celim telom, i on se strese.

Prozori na stanovima osvetljeni. On gleda opet kako promiču senke: čas mala detinja prilika, čas velika ljudska, čas samo ruka, čas po dve-tri dečje glavice, čas ženska povezana glava.

„Sve je to srećno i zadovoljno", pomisli, pa ne samo što vidi senke već mu se učini kao da čuje smeh, šalu, radosne razgovore; kao da sluša kako deca zapitkuju mater čas ovo čas ono: i kada će se svanuti, i hoće li obući novo odelo, i koliko će jaja dobiti, i hoće li čim se svane jesti kolača i gledati kako se peče jagnje na lozi? Tu se i nehotice prenese mislima u svoje detinjstvo i sve one radosti, svi utisci, svaka sitnica, svaka reč njegova i njegovih roditelja ožive mu u pameti. Pored tako lepe slike iz prošlosti stajala je bedna, strašna slika sadašnjosti. On je okretao glavu od nje, plašio se, želeo da je odagna, pa da samu prošlost gleda, ali, kao u inat, ona postajaše sve jasnija i jasnija, a slika prošlosti sve bleđa i bleđa. Ostade opet pred očima samo slika gorke sadašnjosti, a ona iz prošlosti povlači se sve više i više dok se ne izgubi u daljini i jedva se vidi kao kakva tamna pega, koja postajaše sve veća i veća, primicaše se sve bliže i bliže. Pera se zagleda tamo, a neki njegovi stari poznanici kao da se pomoliše otud i zlobno zasmejaše, vičući: „Trči kući, nesretniče, dete ti je na umoru! Što bleneš tu po ulicama kao ludak?" I Pera se čisto trže od tog gadnog smeha i opet požuri kući. Malo-pomalo, pa se misli opet zapletoše, prošlost se obnovi i tuga jače sleže na dušu. Bojao se da ode kući: osećaše da ne može podneti svu težinu strašne jave, tim gore što ta strahota pada baš uoči Uskrsa, dana za koji su vezane tolike uspomene radosti, sreće i zadovoljstva.

———

Bolest detinja pošla je nagore. U sumračnoj sobi zatekao je ženu gde gorko jeca, više bolesnog deteta, koje je u snu jaukalo, škripalo zubićima, grčilo se i buncalo nešto brzo, nerazumljivo. Najmanje dete je zaspalo uplakano i uzdisalo je u snu posle mnogog plača za novom haljinicom (kao što je videlo u susedove devojčice) i šarenim jajetom, pa najzad i za večerom; dva starija muškarčića su budna i sedela kraj nogu bolesne sestrice plačući uglas, što je dopunjavalo materino jecanje.

Mesečevi zraci, što se probijaju kroz rascvetanu breskvu pred prozorom, šaraju mestimično sumračnu sobu i daju još tužniji izraz ove bedne slike porodične.

———

U zoru zabrujaše zvuci crkvenih zvona i objaviše vernima Vaskrsenje Hristovo. Deca su još spavala. Najstariji muškarčić se nešto smejao u snu, a bolno dete, umoreno bolom, stenje i teško diše, a uz njega sede roditelji kao dva kipa: nemi, bez života, bez izraza. Na zvuke zvona trže se žena, ustade s postelje i, obrnuv se istoku, otkud se i sunce rađalo, kleče prema prozoru, sklopljene ruke i pogled podiže nebu, i stade tiho šaputati molitvu. Odblesak rumene zore ozarava joj bledo, uvelo lice. U tom trenutku je izgledala kao svetiteljka.

Svrši molitvu, i umirena, čisto osvežena, prekrsti se nekoliko puta, ustade i, s puno uverenja da je sad bolnom detetu lakše, priđe njegovoj postelji, poljubi ga i zali teškim suzama, pa prošaputa:

— Bože, ne tražim ništa više, ali bar na današnji dan, kada izobilno daješ sreću svima, pomozi ovom bolesnom detetu!... Bože, molim ti se, oprosti sve grehe i nama bednima... — posle tih reči opet se prekrsti, a suze joj se slivaju niz obraze.

Njena molitva kao da osveži i Peru, te čisto oživе kao iz mrtvih, prekrsti se, i sam prošaputa:

— Bože, ti me ne zaboravi!

Sunce je izgrejalo i čisto zlati prirodu i uveličava opštu radost vaskrsa Hristova. Na ulicama već nastala graja, trčkaranje i usklici dečji i radosni pozdravi srećnih ljudi: „Hristos vaskrese!"...

— Bog je dobar! — reče žena, nekako umirena svojom iskrenom molitvom. — On će i na nas pogledati... Danas je svuda radost i veselje, moći ćeš zaraditi koju paru, pa će Bog dati da i dete ozdravi!

Pera se trže od tih njenih reči. On je bio utonuo u svoje misli. Pred očima su mu se opet ređale slike iz doba srećna detinjstva, a kraj njih tužne slike sadašnjosti — ledena, užasna java. On se baš sećao kako je detetom u to doba bio srećan uz roditelje, trčkarao čas tamo, čas amo: gledao kako se peče jagnje, dovikivao svog suseda Mikicu da se tucaju, zagledao radosno novo odelo i brojao novac što mu otac dao da pije na saboru kod crkve limunadu i da kupuje šećerleme. Utom, tek, pred kućom zasviraju svirači i on istrči iz kuće, a još se mnoštvo dece iskupi oko tarabe. Mati njegova iziđe i iznese rakije, vina, mesa, kolača i da sviračima, pa onda svakome još šareno jaje, a otac im da novaca.

Eto, iz takvih ga uspomena prekide žena svojim rečima, te se trže, i zagušenim glasom, kojim govori onaj što se uzdržava da ne zaplače i glasno zajeca, jedva izgovori:

— Mogu!...

Dete je sve teže i teže disalo. Pera se opet prekrsti, priđe duvaru gde je vešao tamburu, uze je u ruke i metnu pod pazuho, pa ćutke otvori vrata i iziđe iz sobe. Suza se skotrlja niz njegove obraze. Svež dah proletnjeg jutra zadahnu ga, i on se pribra, utre suze i u sebi promrmlja:

— Pa to mi je posao, a i moram raditi za svoju porodicu.

————

Kad se pojavio u kafani, vesela momčadija dočeka ga usklicima. Za stolom je sedelo nekoliko mladića. Ručali su, pa piju vino, kucaju se čašama i pevuše tiho.

Namestiše i Peru među se, primakoše uza nj vina, mesa, jaja i kolača „da se najpre potkrepi, pa da vikne jednu svojski".

Pera uze jedan komad mesa, metnu ga u usta, ali ga ne mogaše progutati. Nešto mu steglo grlo, pa mu sve zalogaj vraća natrag.

„Zar ja da jedem ovako izobilno svega, a oni tamo ni hleba nemaju kod kuće!", kresnu mu misao kroz glavu i pred očima mu se ukaza bedna slika njegove porodice.

— Jedi, more; pij to vino!... Hoćeš li rakije?... Kelner, daj mu šta hoće! — viču raspoloženi bećari.

Zatim opet ukrstiše čaše.

— U njeno zdravlje! — viknu jedan, dirajući svog druga za neku njegovu draganu.

Razleže se glasan smeh. Ispiše čaše naiskap.

— Vikni onu: *Od sevdaha goreg jada nema*!... — viče jedan.

— Ne, ne, nego onu: *Avaj, dragi, što mi već ne dođeš*!...

— Ostavi njega, neka peva šta hoće, jer tada najbolje peva — predlaže treći.

Peri doneše rakiju. Tražio je, iako je nikad nije pio. Ispi tri-četiri čašice na dušak, da bi se potkrepio za pesmu. Mora se zaraditi.

Udari u žice, zvuci tiho zabrujaše.

— Nemoj to, nemoj to!... Dede veselo nešto, ili nešto sevdalijski!...

Počeše se pogađati šta da se peva i složiše se da zapeva: *Nešto mi se Travnik zamaglio...*

Opet jeknu tambura. Čaše se ukrstiše, gromki usklici prolomiše mehanu i svak s nestrpljenjem očekivaše pesmu. Pera je udarao u tamburu, ali glasa ne mogaše pustiti. Grlo mu suvo i kao zadavljeno nekom loptom, koja ga guši.

— Pevaj vazdan!... Peeevaaaaj!...

„Mora se zaraditi!...", pomisli Pera u sebi, pred očima mu se opet ukaza slika bedne porodice njegove, a pri tom mu živci zadrhtaše od nestrpljenja kada će je obradovati zasluženim novcem. To mu dade snage, napreže se i pusti glas, koji bejaše tup, zagušljiv, plačan, jedva se čuo...

— A, Pero, zar tako?!... Ne valjaaa... Boljeeee... Pokvario se Pera... Ne ume da peva — počeše praviti primedbe jedni...

„Možda već umire siroče, a ja pevam!", kresnu mu misao kroz glavu.

— Drugo nešto, brzo, veselo!... — viču drugi. Međutim, Perin glas postajaše sve tuplji, zagušljiviji, ličaše pre na stenjanje, nego na pesmu.

Svi ga pogledaše, a on u licu bledomodar, usne mu drhte, oči zasuzile, a pod grlom mu igra. Svi zaćutaše. Nastade čudna tišina, koja na Peru još gore uticaše.

Ruka mu klonu, poslednji akordi izgubiše se u čudnoj tišini, glava mu pade na grudi, krupne suze linuše niz obraze.

Pera se zaguši od plača i teško zajeca.

Pod hrastom

I

Žubori reka preko cvetne livade, a nad njom širi grane stoletni hrast, te se šumorom svojim s rekom razgovara. Tu, pod njegovim hladom, provedoše detinjstvo momče i devojče, čuvajući stada. Sve od proleća pa do pozne jeseni, iz godine u godinu, svakim danom od zore do zaranka.

Bili su deca. Zora tek zazorila, a oni već pod hrastom, kroz čije se grane zora smeši na njihova vesela, vedra lica i zlati im plave detinje kosice što lepršaju od jutarnjeg povetarca. U ručicama im komadić sira i hleba, a pod pazuhom dugački čobanski prutovi; uz deblo od hrasta prislonjene šarene tkane torbice i tikvice s vodom zaptivene zelenim lišćem. Posle takvog doručka do podne se trči za ovcama da ne bi zašle u tuđe useve, a kad se u podne ovce okupe i poležu pod hrastom te planduju, i čobani dobiju vremena za igranje. Prave svirajke od vrbe, bacaju kamičke u vodu i broje kolutove; ljuljaju se na ljuljašci, koja visi gotovo nad samom rekom o hrastovoj grani; beru cveće; posmatraju kako mravići vuku mrvice što zaostanu od njihova jela; miluju jaganjce i opleću im vence od cveća oko vrata; pevaju; smeju se kadšto svačemu; vode nevine detinje razgovore, a poneki put se desi te oboje plaču ako se ma čije jagnje ili ovca izgubi. Tad se liju iskrene suze, koje se krupnim kapljama kotrljaju niz zažarene, sveže detinje obraščiće.

Takvom nevoljom jedared zbliženi, zaveriše se deca da će se uzeti.

Očice blistaju, na trepavicama trepere još prema suncu zaostale kapi suza i deca gledaju u reku, puna nejasne nade detinje, pa žele da porastu i da ispune svoju reč.

Reka žubori i protiče, penuše se talasi i pršte iz njih biser-kapljice, a hrast i dalje šumori tiho i šumorom svojim s rekom razgovara.

II

Prođoše dani i godine. Od čobančadi, od dece, porastoše momak i devojka.

Pala noć — letnja, zanosna, strasna noć. Putem krckaju natovarena kola i prema koračanju volova odmereno zvone medenice što im vise o vratu; dvojnice, putničke i preljske pesme, klepet vetrenjača — sve se to izmešalo, pa se slilo sa žuborom reke, šumorom šume i mirisom lipa u neku čudnu, snažnu draž, od koje i noć treperi i strasno, uzburkano diše dahom punim čežnje, ljubavi, miline, dahom toplim, koji opija, zanosi, umara.

Momak i devojka što se grle u toj noći, ozareni bledom mesečinom, koja proviruje kroz lisnate hrastove grane, osećaju celim telom kako ih zadiše taj silni dah. Srca jako biju, šapuću ljubav svoju nejasno, tiho, da ni noć ne čuje; sanjaju budućnost punu sreće, punu zanosne draži. I slavuj sa grane peva o sreći njihovoj. I želje njihove uz one srebrnaste, penušave vale teku žurno dalje, dalje — u budućnost punu sreće, koju s nestrpljenjem, sa silnom čežnjom čekaju puni nada.

III

I opet protekoše dani i godine. Reka i dalje žubori, a nad njom hrast šumori, ali pod njegovim hladom više ne sedi momak sa devojkom u strasnome zagrljaju, već ozbiljan, bračni par odmara se tu posle teškog poljskog rada. Lica dosta iznurena, suncem opaljena, preplanula; crte oštre, a mučan život izbrazdao mužu bore po čelu. Za hrastove grane privezana ljuljka, u kojoj plače i praćka se nožicama dete tek od godine, a jedan muškarčić od osam godina ljulja „malog batu" jednom rukom, a u drugoj drži čobanski prut, kojim vraća stoku da ne ode dalje sa strnjike. Život je mučan, napori teški;

njihovi su pogledi odmereni, hladni, umorni. Sirotinja ih uz mučan rad prati toliko godina, ali oni su još mladi, još duša nije klonula. Vetrić im rashlađuje znojavo čelo, a taj isti žubor reke uliva im novu nadu i misao mami sobom, za tokom svojim, za penušavim talasima, nekud dalje, dalje — u budućnost punu sreće. Pogledaju na decu, na tu potporu svoju, pa se nadaju, i želje opet jure za talasima, a srca se ispunjavaju nadom na budućnost.

I reka žubori dalje, iskaču biser-kapljice iz srebrnastih talasa, a hrast šumori tiho i šumorom svojim s rekom razgovara i uljuškuje umorne radnike u slatke snove srećne budućnosti.

IV

Opet prođoše mnogi dani i mnoge godine.

Nastala pozna jesen. Kroz hladan vazduh diže se para sa vlažne, raskaljane zemlje. Nebo nisko, tmurno bez sjaja, pretisnuto tamnim oblacima; sa istoka se jedva nazire, kroz pocepane oblake, bledunjava, hladna rumen sunca na umoru; magla obmotala predmete i ne dâ da pogledaš u daljinu — sve ti pred okom zatvoreno, stegnuto, i duša se steže od nejasne tuge; nad glavom tupo šušte gavranova krila i čuješ njegov grobni grokot; reka mutna, nadošla, huči strašno, penuše mutni talasi. Pod hrastom, naslonjen na štap, stoji pogrbljen iznemogao starac, zbrčkana lica, ugašena pogleda; sedu kao sneg bradu i kosu povija mu jesenji vetar, a hladna izmaglica bije ga po licu i meša se s poslednjom, možda, suzom što mu se niz smežurane obraze sliva. Nju je sigurno sačuvao da je tu prolije pod hrastom, ispod koga je tolike nade i želje snovao i snivao slatke snove sreće, nošen uz taj šumor i žubor reke na krilima nade dalje, dalje u budućnost punu sreće. Hrast ogoleo i počeo se sušiti, pa tužno kloparaju suvi ogranci.

To je budućnost u sebi krila — iznemogla, slaba starca koji je pokopao sve milo i drago, te više želja nema — do što smrt želi; a misao ne juri više u čarobnu budućnost, već daleko, daleko u srećnu — prošlost.

I reka dalje huči, srdito penuše mutni talasi, jesenji vetar ječi, a hrast tužno klopara suvim ograncima, te s rekom prošlost prepričava; krila gavranova tupo šušte kroz vlažni vazduh nad starčevom glavom, a kroz procepane oblake i maglu jedva se nazire blеđani zračak umrlog sunca.

Uspomene iz detinjstva

I

Moj otac je u mlađim godinama bio strastan lovac. I dan-danji voli dobre puške, i čim bi mu se koja nova dopala, odmah bi je kupio pa ma kako bilo, iako mu i inače nekoliko njih vise o čiviluku, davno neupotrebljivane; takođe još drži kerove, pazi ih i hrani bolje nego stoku.

Možete misliti tek kako ih je pazio dok je još lovio. Ja se jedva, kao kroza san, opominjem nekog starog Trape, za koga otac još i danas sa zanosom priča. U Trapu nije smeo niko dirnuti, kao, bože me prosti, u ikonu. To je bio uzrok te je uvek između oca i matere bivalo spora zbog kerova, kad bi, recimo, koji ker oborio lonac ili zavukao njušku u šerpu s jelom.

— Kerove ne diraj; to nisu kao drugi psi, s njima treba biti bolji no s nekim ljudima! — odgovori on ozbiljno, i uzme milovati kerove, a oni skaču okolo i penju se šapama uz njega, a on im tepa, i čisto nekako razgovara s njima. Naročito je Trapa za majku bio čitava napast u kući. Stotinu puta je sirota oplakala „zbog te proklete psine!" Obali Trapa nešto u kujni, ili odvuče batak od isečene kokoši, i majka ga ćuši nogom, a otac nada vikati kao da si mu oko iskopao.

— Dođe mi da hvatam beli svet i bežim iz svoje rođene kuće zbog jedne psine! — uzviknula bi često u takvoj prilici očajno.

— Odneo batak, pa pojeo, pa ako! A koliko si ti zečeva pojela što sam pred njim ulovio, pa se to zaboravilo? A i sad bi ti lisice i nos odgrizle da nije Trape! — dokazuje otac, i miluje psa kao ono kad kažnjeno dete kogod mazi i teši da ne plače.

Kad sam ja bio đače još u osnovnoj školi, onda ne beše dana, naročito zimi, da makar malo ne provrlja s puškom. Leti, za vreme školskog odmora, vodio me je uvek praznikom i nedeljom po zabranima u lov na golubove. On lovi, a ja ulovljenu pticu nađem i nosim u tkanoj torbi.

Uvek se sećam, kao danas da gledam, one pripreme njegove i polazak u lov ranom zorom zimskih dana.

Probudim se rano, pre zore. U sobi još mrak; kroz ključaonicu od vrata svetluca svetlost iz kujne i čuje se očev i majkin razgovor. Vrata se sobna otvore i unutra uđe Šule, naš momak, s vatraljem punim žara, te založi plehanu peć. Dok on duva i raspiruje vatru, ja se šćućurim pod pokrivačem od hladnoće. Zatutnji i zapuckara u peći, a svetlost od plamena treperi, gde slabije gde jače, po duvarovima, podu i šašovcima. Čujem kako pred vratima od kujne otresaju noge od snega, a znam da su to naši susedi Toša i Pavle navratili na oca. Pored prozora zasija svetlost od fenjera, i preko sobe promakne Šulina senka, a odmah zatim čujem kako zarže kulaš u aru i lupi nekoliko puta nogom, jer zna da mu se nosi zob.

Petlovi već lupaju krilima, i na sve strane se razleže kukurikanje. U dvorištu nastane žagor, i Šule s fenjerom promiče čas tamo, čas tamo. Ja već, ležeći u toploj sobi, znam da se to spremaju sonice i izvlače ispod trema od koša. To je bivao znak da toga celog dana otac neće dolaziti kući, te, ukoliko sam žalio što i ja ne mogu s njima ići, mada uvek oplačem moleći da me povedu, utoliko se i radujem što ćemo smeti juriti po šumi, te gađati kamenjem veverice i klizati se po nizbrdici ispod škole do mile volje.

Ustanem iz postelje, otvorim lagano vrata i iziđem u kujnu, gde otac i naši susedi sede kraj ognjišta. Mati tumara čas tamo, čas tamo, i priprema u torbu jelo i piće. Otac sa Pavlom i Tošom sedi kraj vatre, piju vruću zamedljenu rakiju i puše duvan. Uvek sam najradije gledao kako se prema plamenu od vatre koluta dim od cigara izmešan sa parom od grejanice. Toši i Pavlu vezane uši peškirima, a čarape i dizluci puni grumuljica od snega, koji se prema vatri topi, pa ponegde preliva kao rosa na suncu. Kraj njih puške, svetle i podmazane, preko ramena lovačke torbe i rog za barut, o bedrima mazalica, za tkanicama veliki noževi, a kraj njih stoje velike torbe, u kojima je jelo, čuture s vinom i pljoske pune prepečenice. Piju tako rakiju, i razgovaraju na koju će stranu krenuti, kod koga će navratiti te ostaviti sonice dok love; ili pričaju kako su se kod ovoga ili onoga domaćina, gde su slučajno navratili da se ogreju, pili i pročastili se. Kerovi skiče napolju i grebu šapama po vratima, sigurno od nestrpljenja. Sve je to meni izgledalo tako puno draži, da nikakve lepote s tima nisam mogao porediti. Jedva sam čekao da porastem, pa da i sam uživam u svemu tome. Tek zora zarudi i sneg zabelasa kroz mali zamagljeni prozorčić, i jedva se nazire pun inja veliki hrast u dvorištu i krov od kačare, a sonice već pred kućom. Kad polaze, a ja se popnem na malu tronožnu stoličicu i stojim uz zamagljeni prozor, brišem ga rukom i gledam u dvorište. Šule obleće oko sonica i namešta čas ovo, čas ono; kulaš, upregnut, tupka nogama i osvrće se na sedišta, po leđima mu i grivi popao sneg, a para iz nosa diže se u hladan vazduh. Krupan sneg tiho, nečujno promiče i pada. Lovcima se bele od snega šubare i odelo, a i kerovi snežavi ciče i skaču čas uz jednog, čas uz drugog, te im po odelu ostaju bele snežave pruge od psećih šapa. Šule donese slamu i metnu u sonice, i oni se popnu na njih, otresu od snega vunene šarenice, kojima su prekrivena sedišta načinjena od slame. Prekrste se pri polasku, i, pošto se obrede prepečenicom iz pljoščice po dva-tri puta, kulaš krene. Šule drži kapiju dok oni prođu, kerovi zaćifču i pojure pred sonicama. Zamalo pa se izgube ispred mojih očiju, a ja dugo gledam, često kroz suze, u one pruge od sonica što ostanu preko dvorišta i krupno snežno pramenje što promiče pored prozora.

Pokadšto odu, a ja se još i ne probudim, pa kad iziđem u dvorište, vidim tragove od šapa psećih i njihovih opanaka. Tada uvek oplačem, ako je otac uveče, na moje molbe i saletanja, pristao i obećao i mene povesti. Sonicama su vrlo retko išli, a inače pešice. Kad god odu sonicama, obično dođu uveče veseli, te se u našoj kući sprema červiš od zečjeg mesa, i pije do neko doba noći.

II

Ostalog čega slabo se sećam. Svega mi je još nešto ostalo živo u pameti, da neću nikad zaboraviti.

Jedared bejaše majka vrlo bolesna. Prekonoć bejaše puna soba žena i suseda. Dvaput su joj palili sveću. Otac je sedeo u uglu, grlio me i ljubio ćuteći, a ja sam plakao, i u tom zaspao. Kad sam se izjutra probudio, a majci bejaše lakše. Kod nje je sedela Tošina žena.

Otac je bio već otišao u lov. Nije mnogo prošlo, a on se, preko običaja, vrati ranije nego obično.

Izgledao je vrlo ljutit i nešto neobično zamišljen. Baci kraj sebe torbu s ramena, pušku prisloni uza zid, pa sede kraj vatre na tronožnu stoličicu i zari glavu među ruke, koje je laktovima oslonio na kolena. Ja uzeh preturati po torbi da vidim šta je ulovio. On podiže glavu, pogleda me, a, sve mi se čini, suze mu behu u očima, pa me nekako tiho, što ne odgovaraše njegovom običnom glasu, zapita:

— Šta ti radi nana, je li joj bolje?

— Sad može i da razgovara — odgovorim ja veseo posle onog noćnog plača kad su joj palili sveću.

Otac me uhvati za ruku i privuče sebi, pa, držeći me između kolena, uze gladiti po kosi, zatim me poljubi u teme i prošaputa:

— Zečiću moj mali, ništa ti ne znaš!

Nikad me nije tako nazvao, ali me je i inače raznovrsno nazivao kad bi me milovao, te me to nije začudilo. Čak mi je izgledalo obično.

Utom uđe u kuću Toša. Pozdravi se, otrese noge od snega, sede na drugu stoličicu prema ocu i uze lupkati štapom po opancima da odbije zakorušen sneg.

— Krete li šta? — upita oca.

— Mani me, nikad se nisam ražalio kao danas. Vajni sam lovac, pa me čisto sramota i da pričam.

— Nisi ubio, a gađao?

— Nisam gađao, a mogao sam gađati na nekoliko koraka...

— Uh, zaboga, što propusti?! — uzviknu Toša ljutito.

Otac uze pričati:

— Trapa tera po bregu, a ja iskočim na put, pa pođem onamo kroz Perinu njivu da preprečim na potok, jer, znaš, obično tuda Trapa nagoni. Kad pored one Perine slame pogledam, a nešto se kao miče. Sakrijem se brzo za onu krušku odmah do slame, pa pogledam, a ono matorka leži na legalu, uz nju dva mala zečeta, pa se zgrčili siroti kao loptice. Znaš, rani sneg, a oni nisu još odvrkli. Matorka ih čisto svojim telom zagreva, pa se smešta čas uz jedno, čas uz drugo mladunče. Jedno joj se popelo uz leđa, pa trlja šapicama preko glave i ušiju, a lepo neko zeče, da ga poljubi čovek od miline. Ja u jedan mah digoh pušku i zagledam matorku, al' mi tek odjednom dođe nekako žao. Setim se, znaš, Smilje, a i nju noćas umalo ne izgubih. Jedva je ostala živa. Što nikad nisam, celu noć sam preplakao, žaleći kuda će ovaj crvić bez majke (tu pokaza na mene)... Eto, tako mi nešto dođe žao. A gledam, znaš, kako ih ona greje, pa pomislim: „Majka je i to, brate, kao svaka majka!" A oni mališani se iskupili oko nje kao dečica. E, ne mogadoh da pucam, no kad pomislih kako bi ovom malom mom bilo da mu je noćas umrla majka, čisto mi suze udariše na oči, te spustim pušku i uklonim se polako da me ne opazi i da ne poplašim matorku, čak mi žao da oni mali ostanu sami... E, ne bih je gađao, pa da mi čovek bogzna šta da! — završi otac pričanje, pa me opet poljubi i protepa: — Zečiću moj mali, kud bi bez majke da je noćas izgubismo?!

Ja zaplakah a on i Toša zaćutaše.

— E, hvala bogu: i to je majka, kao svaka majka, a i žalost bi bila da si pucao! — reče Toša posle nekog ćutanja.

Eto, to se svega sećam iz svoga detinjstva iz lovačkog života moga oca.

Drugovi

Nikad nisam bio veseliji u svom životu, no kad mi je otac kupio bukvar i rekao: „Sine, od sutra ćeš biti đak". Od to doba ima više od dvadeset godina, ali pamtim, kao da je juče bilo, pa čini mi se još i bolje, jer eto ja sam već zaboravio mnogo koješta što sam juče radio, zato, kad sam prvi put pošao u školu pamtim do najmanje sitnice. Imao sam mnoge radosti u životu, ali veće radosti nisam imao, a sada bih platio bogzna koliko, da mi se može vratiti to doba, pa da opet budem đak, učim, slušam učitelja i drugujem sa onim starim drugovima iz škole. Jednom se desilo, da me učitelj i izgrdio, pa bogme i povukao za uvo i ja sam tad smišljao kako ću se udaviti u reci, i kako više neću ići u školu, jer me učitelj mrzi, ali sam brzo uvideo, da me je on voleo kao sina i da je imao prava čak i da me dobro izbije.

Evo kako je to bilo:

Ja sam sedeo u klupi do nekog Brane, pukovnikovog sina. Moj otac je bio dobar prijatelj sa Braninim ocem, pa smo se i mi deca voleli. Nas dva smo, ja i Brana, bili uvek najbolje odeveni, imali svakog dana po pola dinara da kupujemo alvu i druge slatkiše ili što mi hoćemo, imali lepe, skupocene nožiće, pisaljke i razne knjižice sa slikama. S njim sam se gotovo jedino i družio, jer mi druga deca, naročito ona pocepana i sirota behu odvratna.

Jednog dana dođe naš učitelj u školu i uvede novog đaka. Digosmo se svi, molismo se Bogu i sedosmo. Nastade žagor među nama; svi počesmo jedan s drugim razgovarati o novom drugu.

Novi đak stoji uz učitelja, pa uplašeno gleda sve nas redom, a mi svi čas u njega, čas u učitelja, a čas progovorimo pokoju o njemu.

— Gle kako mu je iscepan kaput! — veli mi Brana tiho da ne čuje učitelj.

— Vidi, vidi, kako mu se vide prsti kroz cipelu! — pokazah i ja Brani, pa nam se to dalo na smej.

Smejemo se mi i gurkamo jedan drugog, pa nalazimo sve više i više stvari smešnih na svom novom drugu i njegovoj sirotinji i pocepanom odelu, obući i masnoj, pocepanoj šubarici.

Učitelj nam poče govoriti kako smo dobili novog druga i kako treba da ga pazimo, volimo i pomažemo, jer je, veli, odličan đak, a meni i Brani sve više i više smešno.

Učitelj nas pogleda jedanput, i mi ućutasmo i gurkamo se nogama ispod klupe, pa se napeli od smeja, a naročito kad pogledamo u go prst svog novog druga.

— Ti ćeš, Svetislave, sedeti ovde između ove dvojice! — reče učitelj i pokaza novajliji mesto između mene i Brane.

Mene i Branu kao da grom udari. Prestade smeh i mesto smejanja umalo što ne zaplakasmo.

— Ja hoću da sedim do Brane! — rekoh ja učitelju, a usne mi se navijaju na plač.

— Pa zar ti ovo nije drug! — pita me učitelj blago i pomilova Svetislava po glavi.

Ja se i Brana slučajno pogledasmo, pa prsnusmo obojica u smeh.

— Čemu se smejete? — pita učitelj.

Mi oborili glave pa ćutimo.

On ponovi oštrije svoje pitanje.

Mi opet ćutimo.

Učitelj nas izgrdi obojicu, povuče malo za uši pred celim razredom i reče, da će nas mnogo više kazniti, ako mu ne budemo kazali što se smejemo.

To je bila prva kazna što sam je u školi pretrpeo.

Odmah sam smislio, da više u školu i ne dolazim. Ljutio sam se što učitelj da voli i onog pocepanog đaka, a mene da kazni, kad sam ja mnogo lepše odeven. Nisam se mogao nikako pomiriti s tim, da onaj siromašak sedi do mene i da me razdvoji od Brane. Čak sam smišljao plan, kako ću se učitelju osvetiti.

„Ah, što neće Bog dati, da nam učitelj umre!", mislio sam idući kući i ljut i ogorčen i ponižen. Ja sam držao, da me učitelj omrzao.

Čim stignem kući briznem u plač.

— Šta je? — pita me majka i poljubi, a meni se još više dalo nažao, pa od plača ni reči ne mogu da progovorim.

Jedva sam kroz plač ispričao majci šta se desilo u školi i sve njene utehe nisu pomogle. Užinao sam vrlo malo od tuge i zamolio majku, da me pusti da odem do Brane. Hteo sam da se s njime dogovorim šta ćemo raditi.

Odem Braninoj kući. Uvek sam ulazio slobodno, a tad sam stao uza zid kod vrata, pa čisto ne smem da uđem. Čini mi se da i njegov otac i mati znaju kako nas je učitelj izgrdio i kaznio.

Smatrao sam to za važnu i tajnu stvar, pa bejah rad, da naš dogovor bude samo među nama i da čak za to niko i ne zna.

Čekao sam dugo, dok Brana izađe. Kažem mu što sam došao, pa odmah uteknemo u šupu, da svoj dogovor svršimo i zaverimo se da nikom ne kazujemo.

Grdili smo i učitelja i Svetislava i mnogo govorili o našem teškom položaju, kako će to biti, da između nas sedi onaj siromašak, što su mu propali prsti kroz obuću.

— Znaš šta? — reče odjednom Brana veselo i lice mu sinu od radosti.

— Ne znam! — velim ja, a nekako se okuražim.

— Sutra da begamo kod moje tetke.

S neobičnim zadovoljstvom prihvatim i ja tu stvar i tvrdo se rešimo, da odmah sutradan uteknemo njegovoj tetki i da školu učimo u mestu, tamo gde ona živi.

Taman mi u razgovoru kad čusmo gde momak viče Branu. Veli došao otac iz varoši, pa te zove.

— Ovde sam sa Stevom! — veli Brana i ne bi mu krivo da ode.

— Dođite obojica! — viknu nas Branin otac i mi odosmo.

Momak Branina oca je vrlo dobar jedan starac i decu je osobito voleo, pa kad prođosmo pored njega reče nam sa smeškanjem, da je gospodin ljut i veli: „Mora da ste nešto skrivili!"

Iziđosmo pred njega kao na strašni sud.

— Šta ste rekli u školi?

Mi grunusmo u plač.

— Učitelj se žali kako ste ismevali svog siromašnog druga! — veli Branin otac oštro.

Mi ni reči da prozborimo.

— Šta vam je bilo smešno na njemu? — pita on još oštrije.

— Ja, ja... ne... ne mogu, da sedim do njega! — promuca Brana i poče se gušiti u suzama, a jedva izgovori te reči.

— Jesi li ti zaradio taj kaput? — upita ga otac.

— Nisam! — veli Brana, a oborio glavu.

— A kad bih ti ja to skinuo, pa obukao pocepane siromaške haljinice, da l' bi bilo lepo da se Steva stidi od tebe i da ti se smeje?! — pita ga otac i priđe bliže.

Mene obuze stid.

— Vas se dvojica ponosite tuđom zaslugom! — opet će Branin otac prekorno.

Mi ćutimo kao zaliveni.

— Ja mogu da se ponosim, jer sam ja kupio te tvoje haljinice, a kad sam učio školu bio sam siromašak, kao taj vaš drug.

Još nas veći stid obuze.

— Vi ste samo mogli znanja steći i time se ponositi! — veli nam on dalje, a mi ćutimo.

Zaćuta i on, pa tek otpoče ovo pričati:

— Onaj momak što je kod mene, bio je sin jednog bogataša, a ja sam bio siromašak. On se smejao mojoj sirotinji. Ja sam bio bolji đak, pa ipak on se ponosio svojim odelom, a ne znanjem. Njegov otac osiromaši. Sad se može ponositi svojom tekovinom, a on nije ništa stekao. Eto, dočekao je da služi kod mene, a ako ne budete dobri, to isto možete i vi dočekati, da docnije služite Svetislava. Svetislav je odličan đak i oni ima čime da se ponosi, jer to je on stekao učeći, a ne njegov otac.

— Simo! — zovnu potom momka Branin otac.

Sima uđe ponizno, skide pred njim kapu i stade mirno ukraj sobe i reče:

— Zapovedajte, gospodine pukovniče!

— Sećaš li se ti, Simo, kad smo bili ovoliki kao ova deca?

Sima uzdahnu, pa nas pogleda.

— Sećam se, al' bolje da se ne sećam! — veli Sima, i ne sme Braninog oca da pogleda u oči.

Zapovedi mu Branin otac da priča, kako je on ismevao svoje siromašne drugove.

Sima nam sve to ispriča i ovako završi:

— Samo, deco, znanje ostaje i ono može čoveka usrećiti, a znanje se ne kupuje za novac kao odelo! Kamo sreće da sam učio mesto što sam se drugima smejao. Eto sad sam dočekao, da služim onog drugog, kome sam se smejao zbog sirotinje! Hvala mu što me primio i sad bih ja tek umeo voleti svakog druga!

Više nismo mislili da bežimo. Molili smo učitelja da nam oprosti, a i Svetislava. Obojica smo se stideli svojih postupaka. Oproste nam i učitelj i Svetislav i mi se više nismo ljutili što on sedi između nas.

Šule

— Treba ga proterati, pokvaren je, lopov, razbojnik! Što se to trpi u našoj opštini?! Dokle ćemo? Treba, vala, taj Šule za vrat da nam uzjaši!

Ovakve reči nisu se samo od jednog domaćina u selu čule u jednoj prilici. Svaki bolji domaćin imao je prilike da po sto puta ovu poznatu pesmu otpeva pred opštinskom sudnicom.

— E, vala je, istina, bruka! — dodaju ostali, kao duboko zamišljeni i sa nekom vrstom uzdaha.

— Pa šta je sad opet uradio?... O, brate, šta će se s tim čudom?!... — pita kmet ozbiljno, tupim glasom.

— „Šta je uradio? Šta je uradio?!" Kako to pitaš, brate?! Tako može i moja strina da kmetuje. Ne znaš Šula?... E, nije, vala, ozidao novu školu, no ukrao Pajiću najbolje jagnje... E, pa, brate, ako to tako ide, onda nek se zna da radimo za toga Šula, pa to ti je... Jâ, čudi se čovek: „Šta je uradio?!" — ciknu Nikodije, jedan od najimućnijih u celoj okolini, a na kraju govora pljunu srdito daleko od sebe, i baci štap na zemlju.

— A što ga nisi ti proterao kad si kmetovao?! Što nisi kad znaš ovako da pričaš?! — odvrati kmet još ljutitije.

— Nisam, nisi ga ti dao!

— A ti si ga lani branio!

— Lani je bio ljudski.

— Ljudski što vama dvojici nije ništa ove godine ukrao — veli Pajić. — Ali, brate, ne može da se trpi više. Što je mnogo, mnogo!...

— Onda da ga proteramo — veli kmet.

— Da ga proteramo — ču se sa sviju strana.

— E, vala, znate šta je. To je pizma na mene. Sad kad služi kod mene, onda ajd' proteruj, a ko zna da l' je Pajiću on ukrao jagnje. Ja nisam primetio da je gde vrdnuo dok je kod mene — zauze se neki Nikola, kod koga je Šule služio.

— E, brate Nikola, ne može tako. Lani ga brani Pajić, kad je kod njega bio, onomlani ja, a sad ti, i tako otkako ja znam tog Šula, on redom krade od sviju.

— A što da ga počnete juriti sad prvo kad je kod mene? — ljuti se Nikola.

I tako se malo-pomalo otvori čitava svađa između građana. Jedni drže stranu Nikoli, jedni hoće Šula da proteraju.

Petnaest godina je tako uvek na dnevnom redu to Šulino pitanje, i nikad da se okonča.

Jednom su bili ozbiljno odlučili da se protera, pa se pokajali. Naučili nekako ljudi na njega, pa to je sve.

A njega i ne može čovek da mrzi. Povisok, vitak, glave omalene, šiljaste, navrh koje je i leti i zimi zabačen fesić, koji, gotovo, više stoji na vratu i zatiljku. Ispod fesića strči u bičevima plava kosa i neuredno pada po čelu. Obrva gotovo i nema. S jedne strane ima nešto malo, a mesto druge je ožiljak. Izgoreo je nekako kad je kao mali pao na crepulju. Ispod tog krupnog ožiljka, što zahvata i čelo s čitava dva prsta, sijaju dva zelenkastožuta oka, pokretljivija od magnetske igle. Večito je nasmejan i vide mu se beli kao sneg zubi, o kojima se pričaju čitave popularne bajke „grize Šule staklo zubima", „savije gvoz' kao prst debeo" itd.

Svađa u najvećem jeku:

— A, hoćeš da braniš lopova? — čiči Nikodije.

— Krao si s njim zajedno, mrsak vam očin!

Umalo pa da dođe do gušanja.

Dok tek tresnu nešto, kao da je pao čovek s grma. Svi se prenuše i okretoše, a to Šule preskočio iz Mijinog šljivara opštinski plot, pa se zacereka i uze migati ramenima.

— Preskoči ga?...

— Ama, zar preskoči, pobogu brate?!

— Ih, da zla brava, zakon mu njegov! — čudi se i Nikodije.

— Da bog sačuva!... — čude se svi zaprepašćeno, a vidi se kako se simpatije prema Šulu povratiše.

Kad se već dovoljno iščudiše, reći će kmet dostojanstveno, strogo:

— Odi-der, Šule!

Šule priljubi ruke uz butine, ispravi glavu, i po vojnički domaršira do kmeta i salutira hitro, lako.

— E, mani ga! — šapću jedni.

— Da ne krade, ubio ga Gospod, vredeo bi Carigrada! — dodaju drugi.

— E, brži je od najboljeg konja!

— Kakvi konj, ako ne stigne zeca na brzac, ubio me bog! — opet će treći. Svi ga nekako i s ljubavlju i sa zavišću glede.

— Ti si, Šule, ukrao noćas Pajićevo jagnje i pojeo ga s Tozom i Kenom u Međicama, a kožu ste obesili o Markovu kačaru.

Šule se brzo okrete oko sebe, namignu na neke i nakelji se malo, pa se namršteno obrati Pajiću:

— Ko ti je pojeo jagnje, 'ča-Pavle?

— Vala, Šule, nije ni ministar, ni načelnik došao u selo da ukrade Pajiću jagnje, no to se zna čija su posla! — veli Pajić ljutito.

— Dobro 'ča-Pavle, kajaćeš se što me napadaš — veli Šule, pa se opet kradom nakelji i namignu na neke.

Mnogi su se i pribojavali Šula, jer njemu tako dođe pa dune nekud u svet. Nema ga po nekoliko meseci, pa tek iznenada trapi u selo. A svi su se više bojali kad nije tu nego kad je među njima. Držali su da mnogo može: i hitar i mlad (u ovo vreme tek mu je bilo dvadeset i devet godina).

— Pajić čuvao to jagnje za goste. I taman sutra mu dolaze, a Šule ga pokrcka s Tozom! — našali se neko.

Šule se nasmeja, ali se brzo uozbilji i namršti, pa se prekrsti:

— Nisam, ovoga mi krsta, ne prekrstio se, a zna 'ča-Nikola da sam svu noć bio kod kuće.

— Je l' debelo, Šule, zakon mu njegov! A?... — upita jedan i zasmeja se.

— E, vala, mislim u sam se loj sazdalo — dodaje drugi i namignu na Nikodija, a glavom pokazuje na Pajića.

— Ih, što je Šule sladio noćas kao beg, a Pajić nek guli proju.

Svi prskoše u smej, a i Šule se savio od smeja i jedva izgovara:

— Nisam, bre, mladosti mi!

— Daj mu polić rakije nek prizna.

Iz mehane preko ulice donese neko polić i pruži Šulu.

— Nemoj, bre! — mršti se kao Šule i gura ga laktom, a ovamo plješte ustima i pravi takav izraz, čim zavara kmetu oči, kao da bi hteo reći: „Jao, daj-de ga ovamo!"

Kmet to primetio, pa mu se dopalo.

— Popij, popij! — veli mu.

Šule uze staklo, prekrsti se brzo nekoliko puta, pomilova ga, škljocnu na njega zubima i obzinu grlić dva-tri puta, pa ga metnu kraj srca i uzviknu:

— Zlato moje!

Zatim stade migati ramenima i iščuđavati se:

— Uh, kolicno je, veru mu njegovu!

Sve da se povalja od smeja.

— To jagnjetina tera na žeđ! — viču mnogi.

Opet se smej razleže, pa i Pajić se nasmeja, koji je dotle sedeo namršten i pljuckao od neke dosade.

— Ajde, bre, Šule hitar si, trkni dole do crkve, te zovni popa — veli kmet.

Šule podvrisnu, podskoči od zemlje čitav metar, i kao munja jurnu. Preskoči kao srndać vrljike na crkvenom zabranu, zatutnja mu zemlja pod nogama i razleže se njegov divan, jak glas, te odjeknuše brda:

Haj, da sam gazda,
kô što nemam para...
iujuju uuuu uh!...

— Uh, pobogu, opak li je!

— Mani ga, kao ala jedna!...

Taman se opet uzeše svi čuditi i razgovarati o Šulu, dok on odjednom banu preko plota na istom mestu, iz Mijina šljivara.

— Ene de ga, otkud odovud ovaj kao s neba?!

Šule podvrisnu i podskoči.

— Kad, bre, brže oblete? Jesi li išao, boga ti, čak do crkve i obišao tam okolo kao vihor?

Šule se samo smeje i mrda ramenima.

— The, čas ja — ka lasica.

Pred mehanom ga opet počeše častiti, pa i kmet, i čak Pajić, a jednako mu govore:

— Priznaj, bre Šule, slave ti, nećemo ti ništa.

Šule se smeška, ispija, a čas mete kapu na uvo pa zaigra.

— E, čudo je, brate, kako mu ove noge ovako rade? — iščuđavaju se svi njegovoj lakoći.

Šule se malo ćevnuo, pa će se tek okrenuti Nikodiju, umiljavajući se:

— Daj mi, bolan, 'ča-Nikodije, jedno jagnje da ga izem.

— Nemoj mi, bre Šule, mali su mi, vere mi, daću ti, bogami, čim odvrknu.

— Ne jede Šule matoro jagnje, no kao gospoda dole u čaršiji, kad je mlado, pa podebelo! — reći će jedan, i svi udariše u smej.

— Podaj mu, bogami, bolje ti je sam, no da ti digne tri! — uze se šaliti i Pajić.

— A s Pajićem si, veliš, kvit! — šali se kmet.

— S njim kvit! Nisam živ mi, 'ča-Pavle! — veli Šule i zagladi usta, pa štrcnu pljuvačku kroza zube, a Nikodiju namignu i prošaputa: — Slatko je bilo kao jedan šećer, sto mu njegovih!...

— Gotovo, moraću mu dati jedno — smeje se Nikodije.

— Hoćeš jedan polić? — pita Šula gazda Marko.

— Ne pomaže ti! — viču drugi. — Hoće da ga podmiti! Jagnje, jagnje! Moraš i ti da daš pisaniju Šulu.

Sve da se povalja od smeja.

Kad dođoše, Šule skoči preko jedne vrzine, podvrisnu i izgubi se u zabranu, a razleže se njegova silna zvonka pesma:

Svečer sjala sjajna mesečina,
obasjala zelenu livadu

Zastali svi, pa slušaju.

— E, alal nek mu je ono noćašnje jagnje! — uzviknu Pajić oduševljen pesmom.

— More, kad mi zapeva negde, oprostio bih mu, čini mi se, oko da mi je izvadio.

———

Nije prošlo od to doba ni mesec dana, a Šule se negde, po svom običaju, izgubio. Nigde ga nema, niti ko zna gde je. Žale ga svi, i nekako im neobično bez njega.

— E žao mi ga, gada mu poganog, kao da mi je brat otišao! — čulo bi se često kad bi se povela reč o Šulu.

Pola godine po njegovom odlasku stiže akt od načelnika sreza nekog u beogradskom okrugu, u kome se veli kako je neki Milovan Stepanović — Šule (retko mu koji znao imena) pritvoren zbog sumnje što je na njega pala zbog neke krađe.

Milovan se poziva na Nikodija Milosavljevića, Nikolu Pajića, Marka Tomića i Nikolu Vesića, meštane sela K..., gde je i sam rođen i živeo, koji ga poznaju da je vladanja dobra i da ni za šta nije nikad kažnjen, ni osumnjičen.

— Šulova posla! — veli kmet.

— E, nije mu to naša ova jaruga, no prihapse braća.

— Žao mi ga, gada! — veli Pajić.

— Žao ga i meni, al' eto ti ono njegovo opet tera.

— Pa šta ćemo?

— Da ga izbavimo nesrećnika, naš je opet, ubio ga bog i kad se takvi sazdao!

— I on siromah u tuđem svetu, pa se opet svija ovuda oko nas — reći će Pajić.

— Naš je opet, kuda će od nas. Svoje mesto, pa svoje, kom će kukavac drugom.

I opština izda uverenje načelniku sreza...

Sud ove opštine uverava svaku nadležnu vlast koje se ticalo bude znati, a naročito načelnika sreza... u vezi akta istog sreza № 4210 od meseca... god. 1896, da je Milovan Stepanović, koji je bio žitelj ove opštine, u svemu vladanja primerna bio i u svemu pošten, za što tvrdi sud ove opštine svojim pečatom.

Predsednik suda, Mitar Tošić

Slava

Sumoran dan duboke jeseni. Nebo zastrto jednostavnim, sivim oblacima, magla pala po bregovima, vazduh mutan, maglovit, iz njega bije hladna izmaglica i meša se s dosadnom, sitnom kišicom; kraj puta ogolela drveta, čije se grane tužno viju od hladnog severca. Sve tužno: put raskaljan, nebo kao da plače ledenim suzama, a sa okislih grana na drveću kaplje voda, pa kao da i drveće s celom prirodom žali svoje zeleno lišće, žali proleće, a vetar kao da jauče nad propalom srećom, nad boljim danima.

Vraćao sam se na konju iz Kragujevca kući u selo. Konj okisao, niz njega curi voda i diže se para u i inače težak vazduh. Nenasut seoski put, te konjske noge klopću po gustom blatu. Više moje glave, kroz težak, vlažan vazduh prošušte s vremena na vreme gavranova krila, razlegne se njegov grobni grokot, ili čavke prelete u jatu i padnu kraj puta na kakvu oranicu, ili kraj kakve okisle slame ili sena, oko koga je uvršljano i utapkano. I mene obuzela tuga tako da bih čisto i sam zaplakao teško za prolećem svoga života, za bezbrižnim detinjstvom. Konj ide lagano, hodom, a ja, udubljen u tužne misli, slučajno se zagledao u neki lisnik zdenut na golim granama jednog šumara. S gornje strane do pola lisnika pokisla suva šuma, te došla crna, a donji se deo, zaklonjen od kiše, žuti. Ozgo na lisniku nekoliko okislih čavki stoje nepomično i kisnu zajedno s onim lisnikom, kao da su njegov sastavni deo. Odjednom, konj frknu na nos, i uplašen odskoči baš na onu stranu gde sam ja pogledom upro. Jedva se uzdržah u sedlu. Obazrem se, a na drugoj strani puta, na vrljikama, sedi dečak od svojih osam-devet godina, s prebačenom iskrpljenom vrećom preko glave. Jednim ramenom se naslonio na deblo jednog cerića što je baš uza sam čatal vrljika. Kraj vrljika tri ovčice čupkaju ono malo zlonevoljne trave što se još našlo. Na prvi pogled ga ne poznadoh zbog one vreće kojom se zaklonio od kiše, ali čim bolje pogledah, poznam malog Mijata. Tako se zove dečko. Mijat me sobom podseti da sam već na ataru našeg sela.

— Šta radiš tu, more, na ovoj kiši? — upitam ga.

— Čuvam ovce.

— Koliko ih imaš?

— Eto to — reče ravnodušno i povuče više napred onu iskrpljenu vreću da ga kiša ne bije u oči.

— Svega tri — rekoh ja.

— Tri. Imali smo pet, pa dve nana letos prodala 'ča-Pavlu, te smo platili porez.

— Gde ti je onaj stariji brat, Nikola, kako li mu ono beše ime?

— Milan, nije Nikola!

— Jes', bogami, Milan! Gde je on? Jači je da sedi na kiši.

— On oterao punu vreću pšenice u vodenicu da samelje brašno. Imamo još malo projina brašna, a nana veli za sutra treba da imamo strmna brašna... Bata (tako zove starijega brata) juče i onomad je prevlačio drva 'ča-Pavlu iz zabrana, pa mu 'ča-Pavle dao volove i dvokolice da otera žito u vodenicu... I nana je kod 'ča-Pavla — dodade posle male pauze.

— Šta radi tamo?

— Tamo ona svakad pomaže 'ča-Pavlovoj Stamenki. Sad joj grebena... Nana najbolje grebena u celoj parohiji... Ima nedelju dana kako grebena, pa veli nana, danas će da uzme od 'ča-Pavla puno ono naše burence vina... Kaže nana: dvaest oka hvata naše bure... Odnela ga nana jutros kad je pošla, pa će nana da ga donese kad pođe kući...

— Što će joj vino?

— Pa za sutra! — reče dečko sa izrazom čuđenja: kako sam tako što mogao i pitati!

— Pa šta je sutra?

— Zar ne znaš šta je sutra?! — reče s još većim čuđenjem i nasmeši se prezrivo.

— Ne znam.

— Pa sutra mi slavimo!... Đurđic!... Zar to ne znaš!...

— Gle, zbilja, a ja još pitam! — rekoh, kao pravdajući se za tako strašnu pogrešku. Malom Mijatu bi po volji što me je tako pobedio, a, zadovoljan mojim pravdanjem, slatko se nasmeja i dodade:

— A ja se čudim kako da se ne sećaš! Još kažem: hoće nana da uzme vino od 'ča-Pavla. Kaže nana lepo će da spremi... Imamo i kafe i šećera i rakije — sve nana spremila, pa će da dođu i kod nas gosti!... Hoće da dođe i tetka iz Saranova, pa će kod nas i da ruča.

Razgovor s malim Mijatom još me više rastuži.

— Zbogom, Mijate. Pozdravi majku i, daj bože, da zdravo i veselo proslavite — rekoh pri polasku.

— A ti pitaš šta je sutra! — reče Mijat, i opet se slatko zasmeja. Veseo detinji smeh izgubi se u sumornoj i namrštenoj okolini. Obodem konja i poteram kasom.

Nije ni pet minuta prošlo kako se rastadoh s Mijatom, a susretnem Milenu, Mijatovu nanu.

Na plećima joj burence, te glavu povila i korača teško, klizajući se po kaljavu putu čas levo, čas desno. Obučena u iskrpljenu gunju, krajeve od tkane, šarene suknje zakačila za pojas, te se vidi dugačka debela košulja, mokra od kiše i ukaljana po dnu. Bosa. Noge modrikavocrvene od hladnoće.

S bureta curi voda, lice joj mokro od kiše i znoja. Kad me ugleda, pređe u kraj puta, nasloni burence na vrljike, te ga pažljivo skide s pleća, a zatim otkači suknju od pojasa, te pokri košulju i uputi se meni. Ja sam i inače, čim sam je spazio, zadržao konja da ide lagano, nogu pred nogu, a sad ga zaustavim. Milena priđe i pozdravi se.

— Otkud ti, Milena?

— Od Stamenke Pavlove. Grebenala sam tamo, pa danas pođoh kući malo ranije da spremam za sutra. Uzela sam i ovo malo vina, koliko da se prelije kolač i napije u slavu. Šta ću?! Tako je to ostalo od starih, pa valja i mlađima predati.

— Imaš li gostiju?

— Dok mi je pokojni Petar bio živ i dolazili su, a sad gotovo niko.

Milena zastade, uzdahnu duboko, pa kao za se, gledajući u zemlju, dodade:

— I da te zovem, adeta radi, ali znam da nećeš doći. Tvoji idu Miloju. Tamo idu svi bolji i bogatiji, a kod mene ko će i doći u jad i sirotinju?! Pa i siromah neće sirotome poći. Tako i jeste: dosta mu je i svoje nevolje, a kamoli da i tuđu gleda.

— E, ja ću ti sutra doći na ručak i hvala ti na pozivu — rekoh potresen njenim rečima.

Milena me blagodarno pogleda, u očima joj zasijaše suze, a zagušenim, drhtavim glasom jedva prošaputa:

— Hvala i tebi, a ja sam spremila, iako sam sirota; neću se zastideti.

Jedva sam se uzdržao da suzu ne pustim. Pozdravim se i obodem konja, te pođe kasom.

————

Milena je pre sedam godina ostala udovica s dvoje dece: Milanom, kome je tada bilo osam godina, i Mijatom, koji je bio još na sisi.

Muž joj, Petar, nije bio bogat, ali je imao taman toliko da ne trpi ni u čemu oskudice. Dugo bolovanje njegovo i lečenje preko dve godine toliko ga materijalno ošteti, da, kad umre, ostavi samo kućicu od brvana i nešto voćnjaka oko kuće, što u isto vreme beše i dvorište.

Milena je redak primer žene i matere. Cela okolina govori o njoj s poštovanjem. Radila je neumorno po tuđim kućama i zarađivala i za sebe i da decu održi.

————

Sutradan održim reč. Dan isti kao i prošli. Mutni oblaci, maglovito; sitna kišica izmešana sa susnežicom bije u lice, vetar jauče, klopara golo granje na drveću. Kad sam ušao u dvorište Milenino, obuze me čudna tuga. Mala brvnara, pokrivena slamom i šašom, na široki dimnjak kuljaju gusti mlazevi crna dima. Nekoliko okislih kokošaka stoje ispod streje na jednoj nozi, a drugu podigle. Kudravo neko pseto, mokro od kiše, s podvijenim repom, iziđe odnekud i zalaja, ali preko srca, tek kao iz neke zvanične dužnosti.

Otvoriše se kućna vrata i ja uđoh unutra. Na sredini kuće vatrište, na kome pište sirova drva, a kiša kaplje kroz odžak, te gasi i ono malo žara. Vetar duva i zviždi između brvana i razvejava po kući dim što se diže od sirovih drva na vatri. Kraj ognjišta drvena, sniska sofra, na njoj su drveni čanci s jelom, drvene kašike, slavski kolač i na njemu trokraka, tanka, voštana sveća, savijena u donjem kraju u veliki kotur, na kome i stoji. U jednoj staklenoj boci vino, a kraj boce jedna velika čaša. Za sofrom su, na tronožnim stoličicama, sedeli domaći i „tetka iz Saranova", o kojoj mi juče pričaše Mijat.

Milenu susretoh na vratima, a ostali se digoše kad ja uđoh.

Milan i Mijat stukoše u kraj kuće kad ja uđoh.

Milena mesto da se pozdravi sa mnom priđe Milanu, uze ga za ruke i glas joj zadrhta.

— Gosti, sine moj, domaćine majčin...

Glas je izdade. Zagrli sina i zajeca, a suze linuše niz obraze i pokapaše po kosi Milanovoj.

Sreća

Kad sam još pre toliko godina pošao iz sela u grad da tamo produžim školovanje, ispratio me otac ovim rečima:

— Trudi se, sinko, uči i dan i noć... Ti vidiš kako je seljaku mučan život: biju ga i mraz i kiša, i golotinja i bosotinja; grbača puca od rada, a kad u leto na radu pripeče zvezda u temenjaču, mozak provire, pa opet je i gladan i žedan, i ne doruča i ne dovečera. Odmor je seljaku samo kad ga pod zemlju metnu... Jest', moj sinko, seljaku je odmor samo pod zemljom, a na zemlji nikad!...

Tu je moj otac zaćutao, a posle duže pauze sa uzdahom dodade:

— To te, sinko, čeka ovde, u selu.

Ove reči ostadoše tako jasno u mom pamćenju, da mi se i posle tolikog niza godina čini kao da čujem krupan, hrapav glas očev, kao da ga gledam. Kao da me gledaju one njegove umorne oči, u kojima se ogleda toliki niz muka i nevolja u životu njegovu. Kao da gledam njegovo koštunjavo, ogrubelo lice od vetra i kiše, mraza i pripeke; kao da gledam njegov čisto povijeni stas; sećam se tako jasno njegove iskrpljene gunje, masnog fesa na glavi, ispod koga vire pramenovi kose, koje je popala drumska prašina.

Te reči rekao mi je kad se oprostio sa mnom vraćajući se iz grada natrag kući, a mene ostavio tu u gradu da učim školu i da se sam o sebi brinem, jer mi je on, kao siromašak, malo šta mogao pomoći. Našao mi je mesto gde ću služiti i učiti školu.

Pruži mi i ja poljubih njegovu ispucanu od rada ruku i oblih je suzama, jer tek tada osetih tugu za kućom.

On ne ode odmah. Stajao je preda mnom oborene glave, zamišljen, sumornijeg lica nego što sam ga ikad video, i lupkaše glogovim, krivim štapom u jedan kamen od kaldrme. Ja sam stajao prema njemu, plakao i zaklanjao lice rukama, jer me beše stid od trgovaca, koji su iz svojih dućana gledali nas dvojicu, a tako isto na ulici zastajkivahu mnogi od prolaznika, te nas radoznalo posmatrahu.

Najzad, otac uze šarenu, tkanu torbu, koju beše spustio kraj sebe, uprti je i veza uprte na grudima. Zatim izvadi iz nedara prljav peškir, odreši ga, izvadi iz njega groš i metnu ga u zube dok onaj ostatak veza u peškir i vrati nanovo u nedra. Zatim mi pruži groš da mi se nađe u tuđem svetu. Primajući groš iz ruke njegove stanem ljubiti ruku i zajecam u plaču.

Otac istrže ruku.

— Ne plači. Trudi se samo, neće l' milostivi Bog dati da ti bar srećno poživiš. Ja bih plakao kad bih znao da ćeš i ti ostati nevoljni seljak, živomučenik, slepac kod očiju! — reče mi otac, naglo se okrete od mene i pođe ulicom na onu stranu kuda se ide našoj kući, u selo. Gledao sam za njim i plakao dokle god ne zamače za ćošak žute, dvospratne kafane. Sećam se kako iščeze ispred mog vida najpre njegov povijeni stas, pa onda i torba na leđima, iz koje su strčali presni opanci i nekoliko šipaka čelika, što otac beše kupio susedu Tomi da nadi sekire.

———

Ja sam se trudio; služio druge, mučio se i učio, naprezao sam se iz sve snage, samo da me ne stigne teška i gorka sudbina koju mi otac predskazivaše ako ostanem u selu, radnik. Koliko napora i neprospavanih noći nad knjigom, koliko mučnih i teških dana pri tom provedenih u borbi sa sirotinjom i nemaštinom!

Najzad savladao sam sve prepone na koje sam nailazio, upornošću, energičnim radom, i za sve svoje nevolje, bede, patnje i trud, u čemu sam mladost proveo, dobih kao nagradu svedodžbu o svršenom fakultetu na Velikoj školi.

Postao sam činovnik. Na dve-tri godine posle toga umre mi otac i ja primim u nasleđe njegovo imanje, koje beše mnogo veće nego kad ostavih roditeljsku kuću i pođoh na nauke.

Za nekoliko godina ja sam u državnoj službi dobio vrlo lep i ugledan položaj, a utom mi umre i stric, bogat trgovac iz Beograda. Kako je umro bez dece, to sve svoje veliko imanje zavešta meni, kao svom najbližem.

———

Sreća!... Šta je sreća? Je li to ona sreća koju mi otac ukazivaše prstom, za kojom me uputi. Siromah moj dobri otac kako bi on bio zadovoljan, srećan, presrećan da je samo doživeo da vidi svoga sina školovana, zdrava, mlada, sa odličnim položajem u državnoj službi, bogata, vrlo bogata i, razume se, s dobrim izgledom na ženidbu kakvom bogatom naslednicom. Ja sam daleko od onoga čega me željaše da sačuva moj dobri otac, daleko sam od potrebe da moram ma šta raditi. Nisam, dakle, morao raditi ništa, mogao sam živeti sjajno bez ikakva rada, pa i bez državne službe a već o mučnom, seljačkom radu da se i ne pomišlja.

Posle muka i nevolja s kojima sam se morao boriti, ja poverovah sreći svojoj, koja me beše tako raskošno darivala, i pred mojim očima puče budućnost vedra, vesela, obasjana ružičastim sjajem sreće; poneše me čarobni, slatki snovi, i ja, zagrljen sa srećom svojom, pun vere i nade, pođoh s njom napred, u budućnost, na susret rajskim uživanjima, koja mi se obilato nudiše sa sviju strana.

Svega dosta, suviše. Proputovao sam mnoge zemlje, poznao mnoge ljude, stekao mnoge prijatelje, poznao sva moguća zadovoljstva, a sredstva su mi dopuštala da ih uživam. I ja sam ih uživao sve dotle, dokle se nisam svega zasitio. U svojih trideset godina ja sam bio već sit, presit svih mogućih zadovoljstava.

Zatim sam počeo izmišljati nova, naročita, dotle nepoznata zadovoljstva, tražio sam nove draži za život. Počeo sam birkati, probirati.

Brzo i s tim bejah gotov, vrelo sreće i zadovoljstva kao da malo-pomalo sasvim presuši. Dosadno, sve dosadno. Bez nade, sa očajanjem gledam u pust, prazan život, iz koga sam uzeo sve što se moglo uzeti; utrošio sam sva zadovoljstva, upravo, ja sam ih, kao kakav raspikuća, proćerdao, prokockao. Ja sam najedared ispio ceo pehar što mi ga sreća za ceo život dade da iz njega štedljivo pijem samo kap po kap, te da tako tom slašću razblažujem gorčinu života kroz ceo vek.

Najzad, učini mi se, kao još jedino što bi moglo koliko-toliko razblažiti i primiriti moje rastrojene nerve — selo, mesto moga rođenja, oživljenje onih slatkih uspomena detinjstva, ona mirnoća našega sela, svežina, tišina i zelenilo. Bar nek mi selo i put san povrate.

———

Ceo dan sam proveo na putu. U sumrak stignem u jednu palančicu i tu ostanem na prenoćištu kod nekog svog dobrog prijatelja i poznanika još iz detinjstva. Tuda, kroz to mesto, vodi put za moje selo, te iako mi nije još daleko bilo putovati, ostadoh na prenoćištu, jer mi se neispavanom, lomnom i umornom od putovanja činilo da ću zaspati čim legnem u postelju. Moj prijatelj me iskreno i svesrdno dočeka. Po večeri smo malo posedeli i ja ga zamolim da me zbog umora pusti da odmah legnem, iako mi je njegovo društvo bilo prijatno.

Teška, dosadna noć između četiri sobna zida. Iz druge sobe, odmah do ove u kojoj sam spavao, čuje se monotono, bezbrižno hrkanje moga dobrog domaćina. Po stolu mi razbacane knjige koje bejah poneo da se u putu zabavim, hartija spremljena za beleženje utisaka s puta, izgnječene cigare, trunje od duvana. Otvorio sam dve-tri knjige, a ne mogu da čitam nijednu. Hodam po sobi, pušim, glava mi već buči od duvanskog dima. Osećam umor, malaksalost, treperi mi celo telo, svaki živac. Legnem. Osećam slatko neko treperenje živaca, san me počinje obuzimati. Odjednom kresnu odnekud iznenada, neočekivano nepovoljna misao, teška, a ni sam ne znam što, mučna. Ona izazove drugu, luđu, težu; druga treću, treća četvrtu, i za trenutak ih je čitav roj, upravo čitavi rojevi. Misli se brkaju, juri jedna drugu, potiskuje, sustiže, kao da se grabe koja će pre doći na red, pa se zaguše hiljadama odjednom, i onda ja njima nimalo ne vladam, ne znam ništa. Krv se penje u glavu, osećam pištanje u ušima; oči kao da su pune trnja, a po čelu čas osetim kako me zadahne neka jara, pripeka, od koje osetim nesvesticu, čas potom izbije hladan znoj. Dosadno, teško, očajno osećanje nastupa u takvim časovima. Pribiram se, ustanem, sednem opet za sto. Jaka glavobolja, svest mrči kao posle najjače groznice, očima jedva nazirem predmete na stolu.

U lampi nestaje petroleuma; mesto jasnog plamena kroz pocrnelo staklo od dima jedva se vidi kako na fitilju čkilji i cvrči bledomodar plamičak. Kroz prozore već se vidi kako se istok beli. Kukureču petlovi sa sviju strana, čujem kako luparaju krilima. Neko otključa kujnu, a zatim čuh kako pored prozora promače momak, šuškajući opancima; zviždi neku veselu pesmu, a malo zatim čuh gde zveknu lanac kojim je vezana kofa i zaškripa točak na bunaru. Zaškripe ovde-onde vrata i kod suseda; klaparaju ženske papuče po dvorištu, i kraj prozora što gleda na ulicu promakne pokoja neočešljana ženska glava, ili po kakav radnik s budakom ili motikom na ramenu.

Otvorih prozor što gleda u dvorište i u sobu jurnu svež vazduh i udari me po licu, ali meni beše lice kao prevučeno nečim grubim, neprobojnim, pa ne pušta nimalo svežine. Iz sobe pokulja zagušljiv vazduh, pun duvanskog dima i zadaha od petroleuma. Dođe mi nešto teško, tužno, da htedoh zaplakati što zoru, svežu zoru i prve sunčane zrake, nežne, mile, dočekujem tako bedan, slomljen, utučen — ja, nedostojan te nežne svetlosti i jutarnje svežine. Moj domaćin, sveža lica, vedra pogleda kao dobro ispavan čovek, zagleda kaleme po dvorištu, a domaćica sedi na pragu i okreće mlinac, te melje kafu. Postao sam bio zloban na sve što sam očima gledao, zavideo sam svemu, sve mi izgledaše sveže, ispavano, srećno, samo ja bedan, slomljen, jadan.

———

Za svoje selo sam se krenuo opet na kolima. Dan prijatan: preko noći padala kiša, pa nema ni prašine. Kraj puta otud i otud požnjevene njive i u njima kamare ili složene krstine, na koje padaju i odleću grlice i divlji golubovi. Svuda po strnjikama puštena stoka da pase. Čobani sede pod hladom, te se igraju, trče za stokom, ili ponegde jedu iz drvenog zastruga sir i hleb, sedeći oko šarene torbe, na kojoj im je ručak.

Pogdegde još nepožnjevene njive žanju žeteoci, a razleže se nadaleko njihova šala i smeh. Momci u velikim slamnim šeširima, devojke u tkanim suknjama i jelecima, s belim maramama, vešto prebačenim preko glave. Pevaju i jedni i drugi naizmenično, čas muškinje, čas ženskinje, svaki po jedan stih pesme, koje se pevaju u dvopevu. U putu susretoh poneku stariju ženu s obramicom na ramenu, o kojoj vise i s jedne i s druge strane lonci s jelom, povrzeni povrzlicama, prtene torbe u kojima su proje, čanci i luk, od koga peraja strče van torbe. Ponegde pred kolima prhne ševa, zacvrkuću iz zabrana ptice, ili kosić zazviždi iz kakvog trnjaka kraj puta.

Oko devet časova pre podne stigao sam u svoje selo, već sam bio u domu svojih roditelja. U toj kući sedeli su moja braća od ujaka sa svojim ženama i dečicom. Dočekali su me sa ushićenjem. Nisu znali šta da čine od radosti. Donosili su preda me sve što su lepše imali u kući, i nudili me čim bi se čega lepog setili što misle da je za mene, za gospodina. Uzbunjena čeljad od radosti, iznenađenja, a i iz preterane želje da me sa što većim poštovanjem i što bolje dočekaju, ukrštaju se po dvorištu, sreće se jedno s drugim, udara se u hitnji pokatkad jedno s drugim. Hvataju se i kolju pilići, dere se jagnje, šuri se mlado prasence, doteruje se pre vremena stoka na mužu. Dvore me, okružila me lica s kojih čitam radost, divljenje, poštovanje, želju da sve učine što samo poželim; čisto im krivo što im ništa ne zapovedam, ništa ne tražim. Kad koje od čeljadi uluči zgodnu priliku, ode te zagleda moja kola, raspituje kočijaša dugo, po svoj prilici o svemu. Kočijaš, i inače razgovoran, prepričava svakom redom bez sumnje jedno te jedno, duže nego što treba, više nego ga pitaju.

Meni je sve to još teže padalo. Taj tako srdačan, ushićen doček, ta radost mojih rođaka pri viđenju i nehotice me je pobuđivala da ovu prostotu, punu svežine života, poredim s danima kojima sam ja proživeo.

Pa onda povorka dece, razbarušenih kosica, svetlih bezazlenih očica, punih jedrih, rumenih obraščića, umrljanih usta i nosića od voća, od čega se vide tragovi i na težinjavim košuljicama. Pogledi im strašljivi, ljubopitljivi, ali puni nepoverenja. Vuku ih majke meni i svaka im objašnjava:

— Idi čiki, sine, blago nani! To je tvoj čika; on voli decu, čika će ti dati šećerleme.

Deca se stidljivo zatežu, uzmičući natrag, zaklanjaju se za majku ili meću ručice na oči, a poneko manje i zaplače, pa, kao da je pred kakvom opasnošću, pruža ruke majci da ga uzme u naručje i tek se umiri kad dobije sise i zagnjuri plavokosu glavicu u nedra majčina.

— Gade detinji! — kori ih majka. — Dobro, kad ti nećeš, čika će voleti drugo dete, pa će njemu kupiti puno šećerleme. Je li, čiko?

— Voli čika decu — velim ja, a u sebi pomišljam: „I treba deca da me se klone, nisam dostojan njih", jer mi u tom trenutku najjasnije iziđe pred oči lud, pust i raskalašan život kojim sam proživeo.

———

Uveče sam nešto bolje spavao no obično u poslednje vreme iako je postelja bila dosta neugodna.

Sutradan po podne predložiše mi da iziđem na njivu.

— Iziđi na žetvu. Davno nisi, znamo, video.

— Izići ću, kako ne bih? Kamo sreće da sam ostao na selu, pa da sad i ja žanjem!

— Ćuti, ne govori — veli mi Sima, najstariji mi brat (tri sam brata od ujaka imao: Simu, Pavla i Radoja; rođenog nijednog). — Ćuti, boga ti! Ti si srećan kad ne znaš šta je muka. Ti znaš što živiš. Ovo je naše muka, gorak hleb, moj brate!

Nisam ga hteo razuveravati, jer i da sam hteo, pokušaj bi bio bez uspeha.

Kad sam stigao na njivu, radnici su već bili užinali. Bilo ih je više od trideset, koje muškinja koje ženskinja, sem dece. Nešto je domaća čeljad, pozajmičari, nešto pod nadnicu. Mnogi leže u hladu pod brestom, ko na leđima, ko potrbuške; neko metnuo pod glavu presavijen zubunić, neko je i bez toga. O grane od bresta i jednog oraha koji je do njega vezane ljuljke i u njima se grče, spavaju mala deca, ili plaču mlatarajući nožicama. O granama još obešeni srpovi, torbe, gunjevi; uz deblo od bresta stoje prazni lonci, činije, drvene kašike, krčag s vodom i bardak s rakijom, zaptiveni lišćem; tu su rojevi muva, a prozuji i pokoja zlatica. Gledam kako slatko spavaju ljudi s raširenim rukama, kako se jako nadimaju razgolićene grudi, kako se slatko i duboko srče svež vazduh; poneki samo katkad mrdne glavom ili kupi usta i mrda licem kad ga muva saleti. Malo podalje, u hladu, sede deca, te motre da volovi ne zađu u nepožnjeveno žito ili ne raskvare snopove i krstine, i uzgred pletu šešire od slame; kraj njih dugački prutovi čobanski. Po strnjici pasu volovi, ili mirno, spokojno leže po hladovima i preživaju. U njivi kraj puta, u uvratini, stoje kola, strči ruda i jaram. Pod kolima se ispružio pas, pa dahće od vrućine. Žene sede dalje od muških po hladovima, te doje decu i pevuše im pesme, ili pletu. Devojke se skupile za se u buljuk. Uzvikuje se, šale se, jure, zadirkuju, gađaju momke grudvicama zemlje ili zrnevljem žita, i kore ih što spavaju. Jedan se od momaka uplašeno trže kad ga udariše, i onda među devojkama nastade urnebesan smeh i kikot, a mladić pogleda bunovno, protare oči i lice, po kom se vide brazde od trave na kojoj je ležao, ili od ispresavijana gunja, pa tek će kao srdito (a vidi se po njemu da mu ta šala prija):

— Zakon li vi ženski! Ako ja potegnem odovud ovim busenjem — i pokazuje na grdno veliki busen zemlje.

— Dede čik! — začiknu ga jedna.

— Ajd', ajd'! — odgovori on i mahnu glavom, pa leže opet i progunđa nešto za se.

Malo je trajalo po mom dolasku, pa se svi podizaše.

Prilazi mi jedan po jedan, te se zdravi s nekim poštovanjem i ljubavlju.

————

Sunce se kloni zapadu, vetrić poče pirkati. Obližnji zabran kraj njive kao da se zapalio, pa gori večernjim rumenilom. Nebo mirno, tiho, po njemu plove pozlaćeni, laki oblačci, sve lepši i zlatniji, što bliži zapadu. U okolnim njivama, kao i u ovoj gde sam, nastaje žagor: plaču uznemirena deca, prte ih majke na leđa, kupe žene stvari, koškaju dečaci volove, te krcka jaram i zvone medenice na volovima. Još poneka grlica ili golub prhne iza krstine, zašušte krila. Iz zabrana, s visokih cerova razleže se gukanje golubova i grkanje grlica.

Prepelice pućkaju u travi; putem se dižu oblaci od prašine — to čobani vraćaju stoku s pašnjaka; riču goveda, meče telad i zaigravaju se po putu, bleje stada. Za stokom idu čobani s krčažićima, prutovima, kolutovima ispletene slame za šešire, neki od njih jaše golu kljusad, lupajući ih po trbuhu prljavim, isprskanim, pocrnelim, bosim nogama. Kljusad se na to ne obziru, već s vremena na vreme poneko zabrlji glavu u trnjak kraj puta da, zaviličeno ularom, onako uzgred, čupne još malo trave ili otkine kupinov list ili burjan. Čobanin se ljuti, viče, bije još jače nogama, vuče ular, a kljuse tromo podigne glavu, osvrne se, trava mu visi iz usta, i tek posle duge muke i udaraca pođe malo brže. Kroz tu graju čuju se sviralice i zvonki glasovi devojčica, koje pevaju idući za stadom s kotarčicama za rad preko ruke.

Zraci sunca na zapadu sve bleđi, i već slepi miševi počinju se ukrštavati kroz vazduh. Što suton više pada, to žagori sve veći, a gukanje golubova sve ređe, ali nekako jasnije, s više draži.

Radnici se počinju razilaziti, mlađi odlaze pre. Skupile se devojke iz sviju okolnih njiva, pa idu zajedno, sa srpovima preko ramena. Znojave košulje zalepile se za njihovo jedro telo i oble grudi, preko glava im prebačene marame, vunene suknje pune osaća, a jedan kraj podignut i zadenut za pas, te se vidi košulja. Zagrlile se dve i dve, pa zapevaše pesmu:

Moj jarane, bole li te rane?

Za njima u grupi idu momci. Devojke otpevaše ovaj jedan stih mekim, nežnim, ali zvonkim glasom, a drugi stih produžiše momci punijim, jačim muškim glasom, kao odgovor na devojačko pitanje:

Da ne bole, ne b' se rane zvale.

Stariji ljudi posedali pod brest, brišu znoj, rastresaju s grudi znojavu košulju da ih zapirne i rashladi večernji povetarac. Primakli uza se bardak s rakijom, a sa zadovoljstvom, odmarajući se, gledaju sređeno žito u krstinama, na koje su do pred veče doletale grlice, golubovi i druge ptice, a s njih sletale na zemlju, te kupile prosuto zrnevlje što se okruni od snopa kad vezilac pri vezivanju udari kolenom u snop.

— Ih, brate, gleda li danas čuda božjeg od ovih ptica, kako su, sirote gladne, navalile, pa padaju po njivi i kljucaju žito? — reći će ’ča-Mijailo, pobratim mog pokojnog oca. Odvoji od grudi zalepljenu, znojavu košulju, raskopča je i rastrese je da ga malo dohvati vetar, a i sam poče piriti u nedra, zatim uze bardak, otpljusnu iz njega malo rakije, zagladi riđe brkove, obrisa svojom hrapavom crnom rukom grlić od bardaka, prekrsti se i nazdravi Peri, do sebe, rečima: — Bože, pomozi i oveseli svakog brata i vredna radnika, seljaka, koji hrani i crva i mrava i pticu iz gora i činovnika; Bože, ti ga podrži, ukrepi. Zdrav si, Pero!

Dok je ’ča-Mijailo pio, reći će Pera:

— Istina je, ljudi, čudo živo. Sve na seljaka čeka. Gledam ono mesto gde smo ručali, pa na mrve se okupile bubice i mravi; a što veli Mijailo, i ptica iz gore čeka na seljaka.

— Seljačke ruke i znoj zemlju drže! — opet će ’ča-Mijailo, i svi sa srećnim zadovoljstvom pogledaše u sređene krstine.

— Bože, usliši nas i oveseli; pomozi nama mučenicima, a hvala ti i na ovome! — nazdravi Pera prvom do sebe i naže bardak, a ostali dodadoše:

— Daj, bože, svako dobro vrednu radniku, usliši i oveseli!

———

Mišljah bežeći od rada da nađem sreće, a sreća samo se nalazi u mučnom i teškom radu poštena čoveka.

BELEŠKA O PISCU I DELU

Radoje Domanović, najveći srpski satiričar, rođen je 1873. godine u selu Ovsište kod Kragujevca u porodici seoskog učitelja. Detinjstvo provodi u obližnjem selu Gornje Jarušice, u koje se porodica vratila ubrzo po Radojevom rođenju jer je ono, zapravo, bilo rodno mesto njegovog oca Miloša.

U ovom pitoresknom šumadijskom selu Domanović pohađa i završava osnovnu školu, a gimnaziju upisuje u Kragujevcu. Tokom gimnazijskog školovanja pokazuje sklonost ka likovnoj umetnosti. Pošto mu otac ne dozvoljava da studira slikarstvo, 1890. upisuje Filološko-istorijski odsek Filozofskog fakulteta na Velikoj školi u Beogradu.

Svoje prvo radno mesto dobija januara 1895. u pirotskoj gimnaziji gde radi kao profesor srpskog jezika. U Pirotu upoznaje Jašu Prodanovića, srpskog političara, naučnika i književnog kritičara koji je kasnije, 1901. godine, pomogao u osnivanju Samostalne radikalne stranke i koji je imao značajnu ulogu u formiranju Domanovićevih političkih ideja. Priključivši se opozicionoj Narodnoj radikalskoj stranci, dolazi u direktan sukob s reakcionarnim režimom Obrenovića, i već u oktobru 1895. godine, samo zbog partijske pripadnosti, biva premešten službom u Vranje.

U Vranju, tek oženjen učiteljicom Natalijom Raketić sa kojom će kasnije imati troje dece, u gimnaziji predaje srpski jezik i književnost. Nakon samo godinu dana, u novembru 1896, ponovo zbog aktivnog sudelovanja u podržavanju doktrine republikanizma u vreme monarhije, premešten je u Leskovac gde će predavati srpski i vršiti dužnost bibliotekara. Posle kritičkog govora o položaju prosvetnih radnika, jula 1898. godine, otpušten je i sa dužnosti u Leskovcu, čime se i završava njegova profesorska karijera.

Na nagovor prijatelja, sa porodicom se seli u Beograd. Godine 1900. dobija dobro plaćeni državni posao kao pisar prve klase u Državnoj arhivi. Već marta 1901. postavljen je za pisara prve klase u Ministarstvu prosvete i crkvenih dela. Pošto se Domanovićev nepomirljivi opozicioni stav nije ublažio, već naprotiv, postao izraženiji, u leto 1902. dobija premeštaj u pirotsku gimnaziju. Novo nameštenje odbija i tako ponovo ostaje bez službe.

Nakon Majskog prevrata 1903. godine, vraćen je na mesto pisara pri Ministarstvu prosvete i crkvenih dela, a avgusta 1903. odobreno mu je jednogodišnje plaćeno odsustvo radi usavršavanja iz oblasti književnosti u Nemačkoj. Sa porodicom se seli u Minhen gde se povremeno druži i sa slikarima i posećuje slikarske izložbe.

U Beograd se vraća u avgustu 1904. Suočen sa ogromnim razočaranjem što uprkos izuzetnoj energiji koja je uložena u borbu protiv reakcionarnog režima kralja Aleksandra Obrenovića u državi nije došlo do suštinskih promena, nemajući pred sobom novi politički program niti ljude koji bi se bezrezervno borili protiv kontinuirane nepravde, Domanović se u svom radu javno ograđuje od svih političkih stranaka i borbu nastavlja sam.

Krajem 1904. pokreće list „Stradija" u kojem pokušava da se bori protiv mana novog državnog sistema. Ovaj časopis izlazio je do maja 1905. i doživeo 37 izdanja. U avgustu 1905. godine daje ostavku na položaj pisara pri Ministarstvu prosvete i crkvenih dela, a u oktobru iste godine biva postavljen na mesto korektora Državne štamparije, gde će ostati sve do smrti.

Razočaran stanjem u društvu, sve više se odaje boemskom životu. Živi u nesređenim životnim uslovima, često i mnogo pije, usamljen je, ogorčen, siromašan i napušten.

Preminuo je 1908. godine od posledica tuberkuloze u Beogradu. Sahranjen je na beogradskom Novom groblju.

Rukopise koji su ostali iza njega, kao i slikarske radove, uništili su Austrijanci tokom Prvog svetskog rata.

Prvi satiričar među srpskim realistima svoj književni put započeo je pišući realističke priče. Poznato je da je napisao ukupno trideset pet ovakvih pripovedaka u kojima kroz pronicljivu psihološku analizu likova i događaja uglavnom opisuje seoski i palanački život i odnose koji su u tom životu vladali.

U ovom izdanju predstavljeno je ukupno dvanaest Domanovićevih realističkih pripovedaka: *Snovi i java, Smrt, Zamena, Na raskršću, Ja sam Srbin, Pevačev Uskrs, Pod hrastom, Uspomene iz detinjstva, Drugovi, Šule, Slava, Sreća.*

Radoje Domanović
REALISTIČKE PRIPOVETKE

London, 2025

Izdavač
Globland Books
27 Old Gloucester Street
London, WC1N 3AX
United Kingdom
www.globlandbooks.com
info@globlandbooks.com

Naslovna fotografija
Steven Haddock
(https://unsplash.com/photos/a-shadow-of-a-person-
holding-a-piece-of-paper-4BHGTBPkQuY)

www.ingramcontent.com/pod-product-compliance
Lightning Source LLC
Chambersburg PA
CBHW071839190726
48292CB00005B/1824